もみじの宴　居酒屋お夏　春夏秋冬

目次

第一話　台所飯

一

伴三《はんぞう》と徳次郎《とくじろう》が、お夏《なつ》の居酒屋にやって来たのは、文政八（一八二五）年となった正月半ばの頃であった。

朝からみぞれ交じりの冷たい風が吹きすさぶ寒い日で、

「こんな日は、熱いのに限るな」

「やっぱり湯豆腐が好《い》いねえ」

などと常連達が口々に言い合う夕べに、二人仲よく縄暖簾《なわのれん》から顔を覗《のぞ》かせ、

「好いかい？」

同時に、お夏と清次《せいじ》を見て言ったものだ。

二人共に四十過ぎ。伴三は細面《ほそおもて》。徳次郎は丸顔。いずれも油断ならぬ面構えをしているが、悪童がそのまま大人になったような愛敬《あいきょう》があり、

「どうぞ……。いらっしゃい」

いつものように、ぶっきらぼうに迎えるお夏の口許《くちもと》を綻《ほころ》ばせた。

「そいつはありがてえ」

「寒い中歩き廻《まわ》って、店を探すのは大変だからねえ」

伴三と徳次郎は、常連が集う一見の店では仁義を切らねばならないと思ったか、店中に愛敬をふりまき、

「こいつが長《なげ》え間旅に出ておりやしてね。それで今日から目黒に落ち着くことになって、まあちょいと一杯やろうかってところで……」

徳次郎が伴三の肩を叩《たた》きながら言うと、

「へい、まあそれでこの店の噂《うわさ》を聞いて」

伴三は照れくさそうに続けた。

店には常連肝煎《きもいり》の口入屋・不動の龍五郎《りょうごろう》がいた。

今日から目黒に落ち着くことになって、この居酒屋に来たとなれば、何か声をか

けねばなるまいと、

「そいつはよく来なすったねえ。だが、どんな噂を聞いたかは知らねえが、久しぶりのご対面だってえのに、こんな店でよかったんですかい」

にこやかに彼らしい言葉で応じた。

「口入屋、こんな店とは何だい」

早速、お夏がやり返す。

「見ての通りの、色気のねえ店だってことさ」

「久しぶりのご対面だから、よけいなものはいらないんだよ。あんたも引っ込んでいりゃあ好いんだよ」

「おれをよけいだとぬかしやがったな」

「今頃気付いたかい」

いつもの口喧嘩《くちげんか》が一通り終った頃には、二人にもこの店の様子が窺《うかが》い知れるというものだ。

その間に、清次が酒と、豆腐と蛤《はまぐり》の小鍋立てを席に届け、

「やはり噂通りの店だねえ」

「気兼ねなく積もる話もできるってもんだ」

伴三と徳次郎は、ここへ来た甲斐《かい》があったと喜んで、旧交を温めたのである。

二人が小鍋を突《つつ》きながら話し出すと、もちろん他の客達は口を挟まないし、聞き耳を立てたりもしない。

それぞれが勝手に飲み食いするうちに、自ずと気心が知れてゆく――。

それがお夏の居酒屋の流儀であるのは、いつも変わらない。

とはいえ、お夏も清次も、仲のよい二人には、色々と込み入った事情があるのだろうと見てとった。

低い声でぼそぼそと話していたが、怪しまれてもいけないと思ったのであろうか、時折は龍五郎達に、愛想よく二人の方から話しかけたりしたものだ。

そのうちに、二人が伴三、徳次郎という名であることも知れて、伴三が江戸に戻るに当って、徳次郎が目黒の大鳥大明神社裏に元は百姓家であったという仕舞屋《しもたや》を借りてやったこと、

「伴三が落ち着くまでは、あっしも世話を焼いてやろうかと」

そして、その後は住処《すみか》のある入谷《いりや》へ帰るつもりであることなどを告げた。

「それまでの間は、こうやって二人で飲みにこさせてやっておくんなさい。それで、おれがいなくなったら、伴三と仲よくしてやっておくんなさい」

徳次郎はどこまでも友達想いであった。

お夏の店のことを噂に聞いて、わざわざ目黒に来た初日から飲みに来る伴三と徳次郎である。

居酒屋に集う客達と同じく、臑《すね》に疵《きず》持つ身なのかもしれない。

だが、気持ちの好い男達である——。

龍五郎を始めとする常連達は、別れ際に、

「またここで会いましょう」

と、温かく声をかけたし、お夏と清次も、また新たに常連が出来たと思った。

こうして伴三と徳次郎は、その日から毎夜居酒屋に現れては酒を飲んで旧交を温めるようになった。

日のあるうちは、目黒不動から大鳥大明神社、金毘羅大権現《こんぴらだいごんげん》などの寺社巡りをしたり、少し足を延ばして、元富士《もとふじ》、新富士《しんふじ》と富士塚巡りをしたり、爺々《じじ》が茶屋へ立ち寄ったりして足腰を鍛え、心を休ませた。

そうして日が暮れると、お夏の居酒屋へやって来て、清次の温かな料理に舌鼓《したつづみ》を打ち、熱燗《あつかん》にほろ酔いとなり、伴三の旅の垢《あか》を徳次郎が一緒になって落してやるのだ。

伴三と徳次郎は、幼馴染《おさななじみ》で、二人共幼い頃に二親を亡くし、他人の世話になりながら、身を寄せ合って大人になったそうだ。

伴三は入谷辺りで小商いをしていて、それが上手《うま》くいかずに行商の旅へ出たらしい。その間に少しは貯えも出来たので、久しぶりに江戸に戻り、新たな道を拓《ひら》かんと思い立った。それを目黒の地で始めるかどうかは、まだ思案中だが、旅の垢を落してあれこれと策を練るのに、ここは恰好《かっこう》の地であるという。

お夏は伴三の事情をそのように捉えたが、仲のよい徳次郎との絆《きずな》には、余人にわからぬ深いものがあると見受けられる。

「清さん、またお節介なことを言っているとと笑われるけど、あの二人、あたしはどうも気になるんだよ」

放っておけばそのうち客のことはわかると、日頃は突き放して見ているお夏だが、黙っていられず清次に、ふっと漏らした。

お夏の心の内は誰よりも理解している清次である。

「ようくわかります……」

包丁を持つ手を止めて、板場で神妙に頷《うなず》いた。

「あの二人には、何か大きな因縁を背負って生きているような、やり切れねえ影が映っている……。そんな気がするんでしょう？」

「ああ、さすがは清さんだ。何を訊《き》いても応えをくれる」

「地獄と極楽を行ったり来たり……。そんな暮らしを送っていると、色んなものが見えちまう……。嫌ですねえ」

「ふふふ、まったくだね」

「あっしも気になりやすが、さて、どうしたもんでしょう」

「やっぱり放っておくに限るかい？」

「徳次郎さんが、そのうち伴三さんと別れて入谷へ帰る……。そん時にちょいと覗いてみましょうか」

「うん、そうだね。清さん……」

「へい」

「今さらながら何だけど、今年もよろしく頼んだよ……」

取り越し苦労、余計な詮索であって欲しいと願いつつ、お夏と清次の胸の内は騒いでいた。

さりげなく見守るべきところで、近頃は何やら苛々《いらいら》してしまう。

お夏はそこに、生まれて初めて老いを感じていた。

二

「おう、今日はどうする？」

徳次郎が訊《たず》ねた。

「さてと、もうここってところは、どれも足を運んだから、行きてえ寺も社《やしろ》もねえや」

伴三が寝惚《ねぼ》け眼《まなこ》をさすりながら応えた。

「お前の言う通りだな。今日も寒いし、遠出をする気にもならねえや」

「徳、おれのことはもういいから、お前は親分の許へ戻りな」

「そういうわけにはいかねえや。親分はじっくりと伴三の面倒を見てやれと言いなすったんだぜ」

「そう言ったかもしれねえが、おれはもう邪魔者になっちまったんだ。かかずらっていても、お前のためにはならねえや」

「邪魔者だなんて、誰も思ってねえよ」

「いや、親分はきっと、おれに帰ってもらいたくはなかったんだと思う」

「親分が、そろそろ伴三を呼んでやれと言いなすったから、おれはお前に文を送ったんじゃあねえか」

「だが、しばらくここでじっとしていろと言うんだろ」

「そりゃあ、相手の出方も気になるところだから、親分なりに様子を見ておきてえんだろう」

「治助《じすけ》親分とは手打ちになったんじゃあねえのかい」

「ああ、そうだ。だが治助親分は倅《せがれ》を亡くしちまったんだ。肚《はら》の底では何を考えているか知れたもんじゃあねえや」

「それを見極めてから、おれを呼び戻そうと？　そんなら旅に出たままでよかったんじゃあねえか」

「お前も長《なげ》えこと旅に出ていたんだ。すぐに江戸に慣れねえだろうから、まずここで旅の垢を落せということさ」

「なるほど……」

伴三は力なく頷いて、焼きおにぎりを一口頬張《ほおば》った。

焼きおにぎりは、昨夜、お夏の居酒屋で拵《こしら》えてもらったものだ。

男二人である。

「朝飯を拵えるのが面倒なら、こいつが何よりだよ」

と、居酒屋の常連達が勧めてくれて、毎朝、火鉢で餅《もち》を焼く要領で温めて食べている。

なるほど、確かにこれは便利であった。

伴三も徳次郎も独り者で、家のことは一通りこなすが、朝から飯を炊くのは面倒だし、食べに出るのも億劫《おっくう》だ。

温めてこれを頬張ると幸せな心地になる。

七年ぶりに江戸に戻ってきたというのに、どうも心が晴れぬ伴三も、この一口で随分と落ち着くのである。

徳次郎も一口頬張ると、

「お前が貧乏くじを引いちまったことを、皆、気にかけているよ……」

と、溜息《ためいき》交じりに言った。


徳次郎は、やがて入谷に帰ると言っているがそれは方便で、帰るべきところは駒込《こまごめ》の吉祥寺《きちじょうじ》門前町である。

ここに目赤《めあか》の根太吉《ねだきち》という処《ところ》の顔役がいて、伴三も徳次郎も、目赤一家の身内であった。

二人は、この町の酌婦《しゃくふ》が産んだ子供で、いずれも父親が誰かもわからぬままに生を享けた。

母親もまた友達同士で、同じ頃に子を腹に宿し、

「何があっても、お天道さまからの授りものを、産んで育てようじゃあないか」

と誓い合い、苦労を承知で子を産んで、二人で助け合いながら、伴三と徳次郎を育てたのである。

しかし、母親二人はまだ子供が十にもならぬうちに次々と病に倒れて死んでしまった。

子を産むまでの間は、色気を売る商売もままならず、借金をして暮らした。

産んでからは、互いに子の面倒を見合って酒場へ出たが、借金が祟《たた》って苦労が募り、体を壊したのだ。

女二人が苦労して産んだ二人の子供は、世間に投げ出されてしまった。

兄弟のように育った伴三と徳次郎は、身を寄せ合いながら、荒波にもまれて大きくなった。

「父《てて》なし子」

と罵《ののし》られ、理由もなく小突かれたり——。

薄情な世間を恨み、それを力に変えて、母親二人が働いた酒場へ出て、酔客の小回りの用を務めて走り廻った。

ここでも二人は邪険にされ、酷《ひど》い仕打ちを受けたが、中には死んだ母を知る者もいて、

「坊主、これで何か食え」

哀れんで小遣いをくれたりもした。

そのうちに、

「伴三に徳次郎か、こいつらに飯を食わせてやれ」

と言って、台所飯を食べさせてくれたのが、根太吉であった。

根太吉は、目赤一家の三代目で、当時は若くて勢いのある親分であった。子飼いの身内を拵えておきたかったこともあり、まだ子供ではあるがたくましく生きる二人に目をかけてくれた。

子供に飯を食わせてやるくらい、たかがしれている。

今から恩を売って育ててやれば、

「使える乾分《こぶん》になるだろう」

と、考えたのだ。

実際、日々飢えて暮らしていた伴三と徳次郎は、野良犬が餌を与えてくれる人間に懐くように、

「親分、ありがとうございます」

「何でもさせておくんなさい」

ませた物言いで根太吉を慕い、自ずと乾分になった。

二人は目赤一家の台所飯ですくすくと育ち、十五になると一端《いっぱし》の勇み肌になっていた。

「おう、伴三、徳次郎、お前らはもうおれの立派な身内だ。これまでお前らを〝父なし子〟だと言って酷《ひで》え目に遭わせやがった奴《やつ》らに、きっちりと挨拶をしてやんな」

やがて根太吉は二人にこんな言葉をかけてくれた。それが何よりも嬉《うれ》しくて、ありがたかった。

「徳……、おれ達は殴《なぐ》られてばかりいたから、喧嘩の仕方がよくわからねえ」

「伴三、何を言っているんだよう。やられたことを相手にしてやれば好いだけじゃあねえか」

「なるほど、それならようく覚えていらあ」

「親分が言っていなすった。お前らは打たれ強《づえ》えから喧嘩に負けねえってよう」

二人はこれも修行だと、盛り場を歩き廻った。

「小僧、邪魔だ！　のきやがれ！」

会うといちいち蹴《け》り飛ばした米搗《こめつ》き。

「腹が減っているなら、ほら食え……」

と言って、目の前の床に酒の肴《さかな》を投げつけた人足。

「父なし子はうろうろするんじゃあねえや、酒がまずくならあ」

罵声を浴びせて頭をはたいた職人……。

伴三と徳次郎は、そういう連中を見つけては、

「おう、お前、おれ達を覚えているかい」

「おれは徳次郎で、こいつは伴三だ」

「改めて挨拶をさせてもらうぜ」

「この野郎！」

と、喧嘩を売って殴りつけた。

目赤一家の名を出しては男がすたると、あくまでも自分達の名だけを相手に告げての挨拶であったが、心おきなく喧嘩が出来た。

子供は殴れても、強い相手には何も出来ない奴らである。

伴三と徳次郎は負け知らずで、しっかりと挨拶をして廻ったのだ。

少々殴られても、あの頃のことを思えば何も痛くなかった。

そのうちに目赤一家の伴三と徳次郎は、誰からも恐れられる二人となった。

しかし、子供の頃からまともな暮らしが出来なかった伴三と徳次郎は、自分達が人の道を踏み外したやくざ渡世にいることを自覚すら出来ないでいた。

日々の糧を与えてくれる根太吉は、自分達にとっては親である。

その親のために働くのは、至極当り前であったのだ。

根太吉が仕切る縄張りを侵す者は極悪人であり、こ奴らは叩き伏せるべき相手であった。

理不尽に殴られ、蹴られ、罵りを受けてきた二人は、少々相手を痛めつけたとて、自分の良心は痛まなかった。

だが、大人になり物ごとの道理がわかるようになってくると、二人はやくざ渡世の非情さや、切なさを知るようになる。

その頃になると、二人は目赤一家の押しも押されもせぬ兄貴格となっていた。

もはや何があろうと後戻り出来ない立場にあった。

そして二人は、渡世の争いに巻き込まれていくのであった。

三

駒込界隈《かいわい》は、吉祥寺門前の目赤一家と、白山権現社《はくさんごんげんしゃ》門前に威を張る、一杉《ひとすぎ》の治助とその一家が実力を二分していた。

一杉一家も治助で三代目。先代の頃から互いに不可侵を誓い、縄張りで揉《も》めぬよう気を遣ってきた。

しかし、互いに乾分を養っていかねばならないし、親の代より身代を大きくしてやろうという野望もある。

新たな稼ぎ場を求め、両者は縄張りを広げんとして、不可侵と決めたところ以外の土地に賭場《とば》を開いた。

目赤一家も一杉一家も考えることは同じで、ほとんど同じ場所に二つの賭場が出来る始末となり、そこで衝突が起きた。

その場は根太吉と治助が話し合いを持って、互いに賭場を引き上げることで決着した。

ところが、一度ぶつかると若い者同士に生じた軋轢《あつれき》はなかなか消えない。縄張りは決まっていても、乾分達がその町を通ることもあるし、何かの折には顔を合わせたりもする。

そんな時は互いに道を譲るのが礼儀であったものを、

「おう、先に通るぜ」

と、遺恨を引きずる治助の乾分達が無理を通し始めた。

治助には、綾太郎《あやたろう》という息子がいて、若い者達を引っ張っていた。この綾太郎は、凶暴極まりない男で、何かというと、

「腕尽くできやがれ！」

と誰彼構わず喧嘩を吹っかけて、駒込界隈の者を困らせていたから、両者の衝突は度々起こった。

治助も意見をするのだが、

「親父《おやじ》さん……、やくざは喧嘩するのが商売だよ。互《たげ》えに気を遣って、何かってえと話し合いで決着をつけるなんざ、そこいらの腰抜けがすることさ」

と、聞く耳を持たない。

治助は綾太郎をかわいがっていて、そういう気概を持つ息子に期待を寄せてもいた。

若い頃は治助も、

「目赤の奴らめ、そのうち思い知らせてやらあ……」

と対抗意識を持ち、いつか目赤一家を追い払って、自分が駒込一帯を、すべて仕切ってやると、心の内では思っていた。

もしかすると、綾太郎ならそれをやってのけるかもわからない。

そんな想いすら湧いてきたのだ。

「目赤の。若え奴《わけ》らは血の気が多い。少々ぶつかり合って喧嘩したからといって、目くじらを立てることもねえだろう」

根太吉に対しては、そんな風に言って笑い話にしていたが、

「勢いのある方に、人も金も寄ってくるもんだ」

という想いは日増しに強くなり、綾太郎に暴れさせる陰で、目赤一家の古株を抱き込んで、少しずつ勢力を広げていった。

こうなると黙ってはいられないのが、目赤一家の乾分達である。

薄れていた。

根太吉も若い頃の勢いはなく、治助のように跡を託せる子もなかった。

それゆえ、綾太郎が暴れていると知りながらも、先頭に立って叩きに行く気力も薄れていた。

「綾太郎を何とかしねえといけませんぜ……」

乾分達に言われても、

「放っておきゃあ、そのうち奴も分別がついて大人《おとな》しくならあ」

と、言葉を濁していた。

だが、伴三と徳次郎は、

「いくら治助親分の倅だからといって、奴をこのままにしておけば、示しがつきやせん」

「奴は、やくざをなめておりやすぜ。痛《いて》え目に遭わせてやりましょう」

と、根太吉に迫った。

「なるほど、悪いのは奴だ。やっちまわねえと、こっちがすたれるばかりだな」

根太吉は、一杉一家との対決を遂に決断した。

それでも落しどころが必要であった。

治助が、血の気の多い若い奴らの喧嘩であるから、少々のことは大目に見ようと言うのであれば、周囲の者も認める、

「ちょっとした喧嘩」

でなければいけない。

互いの乾分達が集団でぶつかるのは、出来るだけ避けたいところだ。

根太吉のそんな想いを汲《く》んで、伴三が、

「おれが綾太郎を叩き伏せてやるぜ」

と、買って出た。

「いや、おれがやるよ……」

徳次郎は伴三を気遣ったが、腕っ節の強さは、伴三が他を圧倒している。

根太吉への恩を思うと、ここはやはり伴三が出るしかなかろう。

「わかった。伴三、抜かるなよ」

徳次郎は、いざという時はおれが付いているぞと、その場に付き添った。

綾太郎は調子に乗っていた。

初めのうちは、一杉一家の縄張りを止《や》むなく通り過ぎる目赤一家の乾分を見かけ

ると、

「おい、ここはおれ達の縄張りだぜ、歩きたけりゃあ金を払いな」

などと難癖をつけて喧嘩を売るだけだったが、次第に図々《ずうずう》しくも、目赤一家の縄張り内の盛り場に遊びに繰り出し、若い者達を挑発し始めていた。

その日も、目赤不動前の酒場で我がもの顔で太平楽《たいへいらく》を言っているところへ、伴三は出かけていって、

「おう、お前は治助親分のところの、綾太郎だな。ここはおれ達の縄張りだ。騒ぎたけりゃあ金を払いな」

と、綾太郎に迫った。

「そういうお前は、目赤一家の腰抜けかい。払って欲しけりゃあ、腕尽くで来な」

綾太郎は、予想通りの物言いで受けて立った。

「そうかい。これまでは大目に見てきてやったが、もう容赦《ようしゃ》はしねえ、差しの勝負といこうじゃあねえか」

伴三はここぞとばかりに喧嘩を売った。

〝差しの勝負〟と言われると、綾太郎も引くわけにはいかない。

「しゃらくせえや！」

先手必勝と、いきなり伴三に殴りかかった。

伴三は綾太郎の拳をかわさず、頰げたで受け止めた。

痛くないように殴られる術《すべ》は子供の頃から知っている。

まず綾太郎から手を出したところを見せつけてから、

「へへへ、弱《よえ》え野郎だ。恐くて足が竦《すく》んだのかよう」

と、勝ち誇る綾太郎に、

「ふッ、お前の強さはこれしきのもんかい」

言うや否や摑《つか》みかかり、顔面に頭突《ずつ》きを食らわせ、相手の視界が一瞬かすんだところへ、鋭い蹴りを入れた。

そこからは、綾太郎が悲鳴をあげるほどに、殴りつけ地面に這《は》わした。

威勢は好いが、口ほどにもない男であった。

「ふん、お前みてえなざこから金を取るつもりはねえや。この先、二度とうちの者に手を出すんじゃあねえや」

伴三はきつく言い置いて立ち去らんとした。

綾太郎の取巻きは、伴三の迫力に気圧《けお》され、誰も動けなかった。

これで目赤一家の面目が立った。

ほっと一息ついた伴三に、

「や、野郎……」

綾太郎は、乾分の一人から匕首《あいくち》を受け取り、伴三の背中から斬りつけた。

伴三は難なくこれをかわしたが、

「死にやがれ……」

綾太郎は滅多やたらと白刃を振り回した。

「馬鹿野郎！　おれを殺したけりゃあ、しっかりと腰に構えて、体を預けるように一突きにしろい！」

伴三は綾太郎の手から匕首を取りあげ、再び叩き伏せたが、興奮した綾太郎は、我を忘れてとびかかってきた。

そして、自分から刺される形で、伴三が持つ匕首を腹に食らった。

身から出た錆《さび》とはいえ、血に染まる綾太郎は、取巻き達に抱えられ、その場から逃げ去った。

幸いにも綾太郎は一命を取りとめた。

伴三に非はなく、一旦その場は収まったものの、

「伴三、誰がそこまでしろと言ったんだよう」

根太吉は伴三を詰《なじ》った。

「いざとなったら、ぶち殺してやれ！」

と、伴三を送り出したというのに、すっかりと弱気になってしまっていた。

「綾太郎の仇《かたき》だ……」

とばかりに、治助が死に物狂いで戦を挑んでくるかもしれないと、気が気でなかったのだ。

若い頃は威勢があっても、そもそも根太吉は三代目で、喧嘩相手もいないままに育ってきた。

分別がついてくると、恐怖が勝るのであろう。

だがそれは治助も同じで、こちらの親分もまた、勢いに乗って目赤一家が押し寄せてくるのではないかという恐怖を募らせていた。

一時は綾太郎を中心に、

「目赤一家、何するものぞ！」

と勢いづいたものの、綾太郎がこてんぱんにされ、血まみれになったのをまのあたりにすると、若い衆もすっかりと尻込みをするようになっていた。

話を聞けば、先に手を出したのも、匕首を抜いたのも綾太郎の方であったという。

綾太郎は一命を取りとめた。

その安堵《あんど》もあり、

「手前《てめえ》ら！　勝手な真似《まね》をしやがって、何てざまだ！」

と、叱りつけることで威厳を保ち、縄張りの内に籠《こも》って、根太吉の出方を探った。

こうして数日膠着《こうちゃく》が続き、

「親分、あっしは当分の間、旅に出ます……」

と、伴三は願い出た。

一杉一家が怖《お》じ気づいていると見てとって、

「そうしてくれるかい。お前のお蔭で治助に思い知らせてやることができたぜ。だが、綾太郎は治助の倅だ。こっちも引くところは引かねえとな……」

根太吉の機嫌もよくなっていた。

「なに、旅先で不自由のねえようにしてやるからよう。遊山《ゆさん》に行くつもりで、江戸を出てくんな。帰ってきた時は、お前に跡目を譲っても好いと思っているんだぜ」

　そうして伴三は旅に出た。

　江戸との繋《つな》ぎは徳次郎が務めた。

「三年もありゃあ、十分ほとぼりも冷めるから、ちょっとの間の辛抱だ」

　と言って、徳次郎も親友を送り出したのだが、三年を過ぎても、根太吉は徳次郎に、

「そろそろ帰ってこいと、伴三に繋ぎをとってやってくれ」

　とは言わなかった。

　伴三との喧嘩で大怪我を負った綾太郎は、その傷が因《もと》で体調を崩し、その苛立ちから酒浸りとなり、事件の翌年に死んでしまった。

　その後は、互いに手出しはせぬものの、睨《にら》み合いが続いていた目赤一家と、杉一家であったが、愛息の死によって治助は嘆き悲しみ、なかなかに手打ちとはならなかったのである。

　伴三が戻れば、それがまた抗争の火種となりかねない。

それゆえに、伴三は江戸に戻る機会を逸していたのだが、今年は綾太郎の七回忌に当り、

「法要をすませば、倅もあの世で得心してくれるだろうよ……」

と、治助の方から歩み寄り、両者はやっと手打ちになったのだ。

そうして徳次郎は伴三を江戸に呼び戻し、ひとまず目黒に逗留《とうりゅう》させている――。

それがこの二人の、本当の経緯なのだ。

四

「伴さんと徳さんに、お不動さんで会いましたぜ」

お夏の居酒屋に昼を食べに来た口入屋の政吉《まさきち》が、開口一番言った。

店には別の用で出かけていた親方・不動の龍五郎が既にいて、けんちん汁で軽く一杯やって、飯を食べるところであった。

「そうかい、お神酒徳利《みきどくり》というのは、あの二人を言うんだろうな」

龍五郎は、少し羨《うらや》ましそうな顔で、箸を口に運んだ。

「親方と一緒のもので好いかい？」

お夏は政吉に声をかけると、

「あの二人、もう行くところがなくなって困っていたんじゃあないかい？」

さらに水を向けた。

政吉は、よくぞ訊いてくれたという表情となって、

「ああ、小母《おば》さんの言う通りさ。もう、目黒のお不動さんも見飽きたって様子で、どこかおもしろそうなところはねえかと、訊かれたよ」

「ははは、おもしろそうなところったってねえ……」

「まあ一通り寺も社も見なすっただろうから、白金《しろかね》から高輪《たかなわ》、雉子宮《きじのみや》辺りへ足を延ばしてみたらどうですかい、て勧めといたよ」

「まず、そんなところだね」

お夏は相槌《あいづち》を打ちながら、政吉に熱いけんちん汁と、湯呑み茶碗に冷や酒を注いで、まず出してやった。

「あんまり他人のことは詮索したかあねえが、あの二人、ちょいと気になるねえ」

政吉は酒で口を潤すと、呟《つぶや》くように言った。

お夏は、龍五郎を見た。

政吉の想いは、お夏も清次も同じで、どんな事情があるのだろうかと、それなりに予想はしていたが、口入屋の親方で人を見る目に長じている龍五郎がどう思っているか、聞きたかったのだ。

「お前はどこが気になる?」

龍五郎は政吉に問い返した。

こういう会話で、彼は口入屋の番頭である政吉の見識を確かめ、鍛えようとしている。

「まず、堅気で生きてきた二人には見えませんや」

「うん、そうだな」

「伴さんが長い間、旅に出ていたってえのは、何かやらかして、ほとぼりを冷ますためじゃあなかったんですかねえ」

「おれもそう思う。徳さんはそのうち入谷へ帰るというが、あんなに仲が好いんだ。まず手前《てめえ》が住んでいる入谷の近くに家を見つけてやりゃあ好いものをよう」

「そいつはきっと、伴さんが遠慮しているんでしょうねえ」

「手前《てめえ》が徳さんの傍《そば》へ行ったら、迷惑がかかるってことかい？」

「へい。この辺りは人目を忍んで暮らすにはちょうど好い。そう思って目黒に来る人は多いですからねえ」

「そうだなあ……」

龍五郎は、政吉の応えに何度も頷いてみせた。

「一人になってからの伴さんが、気になるなあ……」

「へい。だが、気にしたって仕方がありやせんや……」

「そうかい？」

「どんなほとぼりか知らねえ方が、互《たげ》えの身のためですからねえ。堅気じゃあねえ、玄人《くろうと》相手なら尚さらだ」

「ふふふ、政、お前もわかってきやがったな」

龍五郎は、満足そうな笑みを浮かべると、それ以上は何も言わずに飯をかき込んだ。

お夏と清次は顔を見合った。

二人もまた、龍五郎と政吉の考えと同じであった。

伴三は、商売が上手くいかずに行商の旅に出て、少しは貯えも出来たので、江戸に戻って何か商売を始める算段を立てているところだと言っていた。

しかしそんなことは、龍五郎も、政吉でさえ信じていなかったのだ。

今は居酒屋には、龍五郎と政吉しかいない。他に客がいたら二人はこんな会話を始めたりはしなかったであろう。

それでもお夏と清次にだけは、自分達の懸念は伝えておきたい――。

伴三と徳次郎のことを気にかけつつ、日頃のお節介は二人には焼かないが、それで好いだろうと、暗黙のうちに問うているのだ。

もうこの店で何年もの間、龍五郎とは口喧嘩をしてきたが、こんなところは、いつしか以心伝心で通じるようになっている。

お夏と清次が、この居酒屋を開いてよかったとつくづく思う瞬間である。

人助けに生きた、亡父・相模屋長右衛門《さがみやちようえもん》の遺志を受け継ぎ、居酒屋の女将《おかみ》と料理人の顔の裏で、余人では手を出せないお節介に命をかけてきた二人である。

今は、龍五郎と政吉の気持ちを楽にしてやるべきだと、

「政さんは好いことを言うねえ。親方、もういつ死んだって好いね」

「やかましいやい婆《ばば》ァ！　まだまだ死なねえぞ！」

お夏はいつもの調子で憎まれ口を利いて、二人の考え方は正しい、伴三と徳次郎のことは黙って見守るしかないのだと告げたのだ。

政吉は誉められて照れ笑いを浮かべたが、ふと思い出して、

「そういえば……、徳さんは入谷へ帰ると言っていたよな……」

「ああ、おれもそう聞いたよ」

清次が応えた。

「そうだよな……」

政吉は目黒不動の境内《けいだい》で二人に会って、新たな遊山の場所を教えて別れたのだが、用を思い出して引き返すと、再び伴三と徳次郎が仁王門の脇で難しい顔をして話しているところに出くわした。

話の邪魔をしてはいけないと思って、そっと立ち去ろうとしたところ、

「徳、お前、本当にもう駒込へ帰ったらどうなんだ？」

という伴三の声を聞いたのだ。

少し前の政吉であれば、人の話し声などまったく気にしなかったが、その際の伴

三の切羽詰《せっぱつ》まったような声が気になった。

「おれの聞き違いかと思ったんだが、やはり徳さんは、おれ達には駒込ではなく、入谷と言っていたよな……」

政吉は首を傾《かし》げたが、

「まあ、入谷でも駒込でも、どっちだって好ぃさ」

お夏はふっと笑って床几《しょうぎ》に座ると、煙管《キセル》を取り出した。

本当は駒込に帰るのだが、人には入谷と言っているのか。あの時、徳次郎が他に考えごとをしていて、入谷と言い間違えたのか。

それを質《ただ》したところで、こっちには何も得することはないのだ。

「そうだな。どっちでも好い話だった……。小母さん、一服したら飯をくんなよ」

政吉は少し神妙な面持ちとなり、熱い汁で冷や酒を楽しんだ。

お夏はぷかりと煙草《たばこ》をくゆらす。

居酒屋の〝くそ婆ァ〟が白い煙を吐くひと時は、客達には頭の切り替えにちょうどよい間合となる。

常連肝煎の龍五郎との間で、

――伴三と徳次郎については、こちらからあれこれ問わずに、まずは徳次郎が伴三と別れ行くまでは、黙って話に付合ってやれば好い。

そんな取り決めが、言外に出来ていた。

そしてここから、お夏と清次の危険なお節介が始まるのだ。

五

伴三と徳次郎は、それからも毎晩二人でお夏の居酒屋にやって来た。

徳次郎は伴三に、

「たまには、ちょいと小股の切れ上がった女が酌をしてくれる店に行ってみねえかい」

と、勧めたりもしたが、

「徳、好いんだよう、そんな気遣いは。旅の間は、おれだって何度も女とはよろしくやっていたよ」

「そうかい。あの居酒屋は酒も料理もうめえが、たまには気分を変えてみたらどうかと思ってよう」

「いや、おれはあすこが好いや。何よりも、店も客も人のことを詮索しねえ。それでいて、ちゃあんとおれ達を構ってくれる。お前と久しぶりに会って、あれこれくだらねえ話をするには、もってこいの店じゃあねえか」

そんなやり取りが、毎日のように交わされて、とどのつまり行き着く先は行人坂《ぎょうにんざか》上《うえ》になるのである。

肉親以上の絆で繋がる兄弟分が、七年もの間離れて暮らしていたのだ。

積もる話も色々あったが、そもそも互いに目を見れば、相手の想いがわかる二人である。

五日も一緒にいれば、話も出尽くす。

だが、お夏の居酒屋で一杯やっていると、気がつけば、忘れていたことが口から出ている。

自分達二人が、堅気の衆に見られていないのはわかっている。

とはいえ、何を喋《しゃべ》っても、うんうんと受け容れてくれる懐の深さがあの居酒屋にはある。

伴三にはそれが心地よいのだ。

龍五郎と政吉は、お夏と清次との間で、この二人との接し方は決めている。伴三と徳次郎の生業《なりわい》に触れるような話はせずに、何気ない会話から本質を窺い、ここでの一時を楽しいものにしてやろうと考えていた。

「伴さんも徳さんもよく飽きないねえ。清さんはあれこれうめえものをみつくろってくれるが、とどのつまりは、いつも同じ物を頼んで食っている……」

龍五郎は、二人が店に入って来ると、まず声をかけた。

伴三と徳次郎が、今日はやけに人恋しそうにしていると見てとったからだ。

彼らが、二人だけの会話に倦《う》んでいるのは明らかだ。

「ははは、これは親方、今日も会えて嬉しゅうございますよ」

「いつも同じ物を頼んでいるのは、親方も同じでさあ」

話しかけられると嬉しそうに応えた。

「はァッ、ははは……。確かにそうだ。おれも人のことは言えねえや」

龍五郎が頭を掻《か》くと、

「豆腐だとか大根だとか、いつだって食えるようなものが、何よりもうめえもんなんでしょうねえ」

　伴三はしみじみと言った。

「今まで食った料理で一番うまかったものは何ですかい？」

　政吉が問うた。

「一番うまかった料理か……。徳、お前は何だい？」

「そいつは決まっているさ。まだがきの頃に、お前と並んで食った、台所飯さ……」

「うん、ありゃあ何よりもうまかったな……」

　伴三は大きく頷くと、いつものように湯豆腐と大根の煮物を清次に頼んで、目頭を拭った。

　徳次郎もしんみりとして顔を伏せた。

　政吉はいたたまれず、

「余計なことを訊いちまいましたかねえ」

　ぺこりと頭を下げた。

「いや、よくぞ訊いてくれたよ」

「ああ、大事なことを忘れそうになっていた……」

「漬物が二切れ、椀の底が見えそうな味噌汁《みそしる》だったけどねえ」

「伴三と並んで、笑い合って食った台所飯が何よりだった……」

伴三と徳次郎は、それから思い出に浸って、口数少なく酒を酌み交わした。

二人並んで食べた台所飯。

お夏と清次はもちろん、この居酒屋の常連達には、何も問わずともその台所飯がどういうものかわかる。

まだ子供の頃。

親に逸《はぐ》れ、居処もなく、腹を減らした伴三と徳次郎が、身を寄せ合いながら他人の家の台所で飯を食わせてもらった。

粗末な飯でも、二人並んで食べれば楽しく、何を口にしても美味《うま》かった。

今日の糧にありつけた安堵が、二人の子供をにこやかにさせた――。

そういう光景が自ずと浮かんでくるのである。

なるほど、人にとって何よりも美味い料理は、逆境の中で得た温かい食事なのかもしれない。

そして、その温かさは気心の知れた者同士で食べることで生まれるのだ。

伴三と徳次郎の思い出を垣間見て、この先仲のよい二人が、変わらぬ友情を育み、彼らなりの幸せを掴んで生き抜いてくれたら何よりである。

店にいる誰もがそう思った。

そういう人の情を感じて、伴三と徳次郎は苦笑いを浮かべ、

「ああ、いけねえ。徳、余計なことを話したのはおれ達だったな」

「まったくだ。親方、ご一同さん、しけた飯の話なんか、何もおもしろくはありませんや。勘弁してやっておくんなさい」

と、政吉に倣《なら》ってぺこりと頭を下げた。

「いやいや、好い話を聞かせてもらいやしたよ」

龍五郎は客達を代表して応えると、

「伴さん、ここは好いところだ。皆も人が好い。ずうっと腰を落ち着けておくんなせえ」

そう言って、二人に酒を注いだ。

「ありがてえ……」

伴三が盃《さかずき》を掲げると、

「明日、あっしは一旦、入谷へ戻ります。こいつをよろしくお願いします」

　徳次郎がこれに続けた。

「そうですかい。寂しくなりますが、また目黒にはちょいちょい来なさるんでしょう？」

　龍五郎が問いつつ、政吉を見た。

　やはり入谷へ帰るらしい。駒込と聞きつけたのは、何かの思い違いであったかと、政吉は頭の中で片付けて、

「楽しみにしておりやすよ」

　と頰笑《ほほえ》んだ。

　お夏のこめかみの膏薬《こうやく》が、ぴくりと動いた。

　すかさず清次が、

「徳次郎さん、入谷へ帰る時は店に寄ってやってくだせえ。明日の朝に上方下りのうめえ酒が入りますので、通ってくださったお礼にお渡ししてえんで……」

　板場から出てきて声をかけた。

「そいつはありがてえや」

「きっと寄ってやっておくんなせえ」

「そんなら、きっと……」

清次に真っ直ぐな目を向けられると、徳次郎も約束せざるを得ない。

料理人としても、お夏の右腕としても、今の清次には、男として完成された凄《すご》みがあるのだ。

その後は、静かな徳次郎送別の宴《うたげ》となり、やがて居酒屋から客は消えた。

政吉が、入谷と駒込の話を再び持ち出すかと思われたが、彼はやはり腹の底へ呑み込んで、龍五郎と共に帰っていった。

龍五郎はというと、

「まだまだ、色々とあるみてえだな……」

ぽつりとお夏に言い置いて店を出た。

伴三と徳次郎には、背負い続ける因縁があるようだ。口には出さねど、

「婆ァ、お前も気をつけて見てやんな」

という意味を言外に匂わせていた。

龍五郎も、お夏と同じく老いを感じているのだろうか。

帰る際になって口喧嘩に持っていきながら、己が気持ちを伝えるのが、近頃は疲れるらしい。

お夏にもそれはわかっている。

近頃店にやって来ただけの、まだ常連とも言えぬ客にお節介を焼くのも面倒だが、伴三と徳次郎には、血の匂いがする。

生死に関わることとなれば動かねばなるまい。

そこには必ず、許し難《がた》い悪人が潜んでいるからだ。

「さて清さん、いよいよだね」

「へい。今度はちょいとばかり、派手なことになるかもしれやせんねえ」

二人は既に動き始めていた。

清次が縄暖簾《たまかぜ》を下ろしに外へ出ると、お夏の亡父・相模屋長右衛門が首領であった、大盗・魂風一家の仲間である、髪結の鶴吉《つるきち》がちょうどやって来るところであった。

お夏は会釈すると、鶴吉を店へ入れて、戸を閉めた。

「鶴さん、すまなかったね」

「とんでもねえ」

「で、駒込の方はどうだった？」

「それが、ろくなもんじゃありませんぜ……」

六

「徳、色々とすまなかったな」

「当り前のことをしただけさ」

「親分に言われた通りにかい？」

「ああ、おれがいくらお前を引き立てても、親分の許しがなけりゃあ、勝手に動けねえからよう」

「違《ちげ》えねえ。親分の家で、台所飯を食っちまったおれ達だからな」

「しけた飯でも、おれとお前にとっては、命の綱だった」

「親分は、もうおれが邪魔で仕方ねえだろうな」

「おい、そんなことを言うんじゃあねえや」

「すまねえ。お前が迎えに来てくれるのを待っているぜ」

「すぐに来るさ」

「お前にも迷惑をかけちまったな」

伴三は、徳次郎が駒込に一旦戻るに当って、神妙な面持ちであった。

目赤の根太吉が、目黒の知り人に手を廻して借りてくれた仕舞屋で、しばらく暮らした二人であったが、男二人で飯は外ですませたので、まだ部屋の内には生活の匂いがなく、殺風景なままである。

「迷惑なんて言うんじゃあねえや」

「いや、おれの立場が悪くなりゃあ、お前の肩身が狭くなる。ここまで徳も、随分と冷や飯を食わされたんだろうよ」

「一家の内で隅に追いやられたとしたら、それはおれに器量がなかっただけのことさ。伴三のせいじゃあねえや」

「とにかくよう、お前のためなら、いつだっておれは命を張れるぜ」

「わかったよ。ありがとうよ。そんなことより伴三、一度お前に訊ねようと思っていたんだが……」

「何だい？」

徳次郎は何か言おうとしてためらった。

「どうしたんだよ？」

「いや、女のことなんだがよう」

「女？　お前がそんな話をするなんて珍しいじゃあねえか」

「そうだな……。珍しいよなあ……。上手く言えねえから、また今度会った時にゆっくり話すよ」

「何だよそれは……。まあ、気にはなるが、楽しみに取っておくよ」

「そうしてくんな……。そんならそろそろおれは行くよ」

「ああ、気を付けてな……」

「居酒屋まで一緒に行くかい？」

道中、清次に言われていた、上方下りの酒をもらいに、お夏の居酒屋へ立ち寄ることになっていた。

今時分だと、まだ常連達も店には来ていないであろう。

あれこれ別れの言葉をかけられるのは苦手であるから、ちょうどよいのだが、伴三は今日も目黒で夕餉《ゆうげ》を取らねばならないのだ。

まだ早い時分だが、今から行って一杯やって、飯を食えばどうだと勧めたが、

「いや、今日はやめておくよ。妙に気遣われるのも面倒だし、毎日外で食うのも気が引けるよ。あすこは好い店だがな……」

徳次郎と一緒なら好いが、一人なら時には自炊してみようかと、伴三は考えていた。

それで今日は、米やら味噌やら買い込んでいたのだ。

煮炊きなどすれば、一人になった寂しさも紛れると思ったのだ。

「そうかい、それも好いなあ。お前は器用だから、さぞかしうめえものを拵えるんだろうよ」

「ああ、次に来た時は、うめえものを食わしてやるよ」

「すぐにお前を迎えに来るからな……」

そうして、徳次郎は日暮れ前に、大鳥大明神社裏の仕舞屋を出て、駒込へ向けて出立したのである。

伴三も徳次郎も、朝から硬い表情を崩せないでいた。

目赤の根太吉が、伴三を歓迎してくれるのか――。

そこが気になるのであろうか。

伴三は、兄弟分の後ろ姿をじっと見つめていたが、やがて裏手の雑木林《ぞうきばやし》に出かけ、
それから飯の仕度を始めたのだ。

徳次郎は、真っ直ぐにお夏の居酒屋へ向かい、まだ仕度中の店を覗いた。

清次はまな板に向かって、黙然と包丁を揮《ふる》い、野菜を切ったり刻んだりしていたが、

「徳さん、よく来てくれたね」

すぐに手を止めて、手拭いで手を拭くと奥から五合徳利を持ち出して、

「入谷への道中、こいつで勢いをつけておくんなさい」

と、徳次郎に手渡した。

「かっちけねえ……。またすぐに寄らせてもらいますよ」

徳次郎は丁重に礼を言うと、

「今、女将さんを呼んできますよ」

少し待ってもらいたいと、再び奥へ入ろうとする清次を、

「いや、それには及ばねえよ。どうせまたすぐに顔を出すから、よろしく伝えてやっておくんなさい」

と制して、徳利を掲げると店を出た。

そこへすぐに奥からお夏が鶴吉を伴って出て来た。

「さて、本当に駒込へ戻るのかねえ……」

清次と鶴吉を交互に見るお夏の目には、獲物を求める猛獣の凄みが宿っている。

「ちょいと行って参りやす」

「今宵《こよい》は長《なげ》え夜になるかもしれねえな」

清次と鶴吉は、お夏にひとつ頭を下げると、そのまま店の奥へ入り、裏手から外へと出て行ったのである。

七

徳次郎は、一路北へ向かっていたが、やがて脇道へ入ると、ゆったりと田圃道《たんぼみち》を進んで、再び大鳥大明神社の方へと戻っていった。

そのうちに辺りはとっぷりと日が暮れて、冷たい風が吹く夜になろうとしていた。

どうやら徳次郎は、再び伴三が住む仕舞屋に戻るつもりらしい。

その道中、社の裏手の杉木立で、徳次郎に声をかける者があった。

「徳兄ィ、冷えてきやがったぜ。さっさとすませてくんなよ」

歳の頃は三十過ぎ、綿入れの半纏《はんてん》を引っかけ、そ奴は持参した酒を飲みながら、不敵な笑みを浮かべている。

「九郎吉《くろきち》、さっさとすませてくれとは、お前も随分と偉くなったもんだな」

「そう恐《こわ》え顔をするんじゃあねえや。待つ身にもなってくれと言っているだけさ」

九郎吉と呼ばれた男は、作り笑いを浮かべてみせた。

「待てと言われたら、ただ待っていりゃあいいんだよう。身寄りもなく人のおこぼれに与《あずか》っていた、野良犬みてえなお前を拾ってくれたのは誰だ。伴三じゃあねえか」

「昔は昔、今は今さ」

「なんだと……」

「わかったから早く頼むよ。今晩、親分に呼ばれているんだからよう」

九郎吉はうんざりとした顔をして言った。

「すぐに戻るから、待っていろい」

徳次郎は、厳しい表情で言い置くと、つい今しがたまで伴三と暮らしていた仕舞屋へと戻っていった。

「何でえ兄弟、もう戻ってきたのかい」

伴三が、戻ってきた徳次郎を見て、怪訝《けげん》な顔をした。

「いや、面目ねえ。ちょいとやり残したことがあってよう」

徳次郎はにこやかに言った。

「忘れ物か……。他人には入谷へ帰っていったと思い込ませて、おれを殺《や》りに戻ってきたんだろう」

伴三は静かに言った。

徳次郎の顔からたちまち笑顔が消えた。

「そんなことだろうと思っていたよ」

「さすがは伴三だ……」

「お前にならおれも気を許す。きっと仕留められると親分は思ったんだろう」

「ああ、酷《ひで》え男だ」

「一杉の親分は、手打ちに当って、倅を刺したおれの首を望んだんだな」

「それで水に流すとよ」

「互《たげ》えに血を流すのが恐《こえ》えから、おれ一人を人身御供《ひとみごくう》にして幕引きか……。渡世人も外道に成り下がったもんだ」

「お前はこの筋書きを読んでいたんだなあ」

「まさかとは思ったが、あってもおかしくはねえと……」

「そうかい」

「お前が、またこうして戻ってきたのを見て、わかったよ」

「わかったなら、お前こそどうして、隙《すき》を衝いておれを殺ろうとしなかったんだ」

「そもそも不始末をしでかしたのはおれの方だ。他の奴なら返り討ちにしてやるが、相手がお前なら、黙って殺されてやろうと思ったのさ。こんな汚ねえ浮世を生きていたって、何もおもしろくねえや」

伴三は大きな溜息をつくと、自嘲の笑みを浮かべた。

「親分は、おれが旅へ出たまま戻ってこねえ方が、実のところはありがたかったんだろうなあ」

「親分は人が変わっちまった。それを見越して、お前に帰ってくるな、どこかへ逃げろと、おれも繋ぎを取るべきだったのかもしれねえ」

「だが、親分を信じてえ……。そう思ったんだろう?」

「ああ……」

「お前は間違っちゃあいねえ。で、外には誰か見届け役がいるのかい?」

「九郎吉が出張ってきたよ」

「あの野郎が……」

伴三は、がっくりと肩を落として、首を横に振った。

孤児で、盛り場の残飯をあさっていた九郎吉を見て、自分と徳次郎の姿を思い出した伴三は、彼を拾ってやって、一家の台所飯を食べさせてやった。

「兄ィ、この恩は一生忘れやせん……」

伴三を神か仏のように伏し拝んで、彼と徳次郎に引っ付いて離れなかった男が、徳次郎の殺しを見届けに来ているとは――。

「さぞかし野郎は、好い気になっているんだろうなあ」

「ああ、昔のことなんか、そっくり忘れたようだ」

伴三はしばし思い入れをした。

そんな無情が、彼を捨て鉢にしていた。

「徳、ひと思いにやってくれ……。おれはお前を恨まねえ。お前が出て行ってから裏の雑木林に穴を掘って、落ち枝で隠している。そこへ埋めりゃあ好い。徳、ありがとうよ……」

徳次郎の目から、滝のように涙がこぼれ落ちた。

「伴三……、お前って奴ァ……」

徳次郎はしばし涙にむせた後、

「伴三、お前の読みはほとんど当っているが、お前は肝心なところを間違っているぜ」

腹の底から声を絞り出した。

伴三は小首を傾げた。

「おれがここに戻ってきたのは、そうしねえと疑われるからだ」

「疑われる？」

「予《かね》てからの手はず通りに動かねえと、敵の目を欺《あざむ》けねえだろ」

「敵ってお前……」

「お前を殺そうと企んでいる奴らは、おれにとっちゃあ皆敵だ。渡世の義理など、くそくらえだ」

「そいつはいけねえ」

「やかましいやい！　死ぬ時は一緒だよ」

二人は見つめ合い、深く頷き合った後、しばし小声で話した。

やがて、外の杉木立で待つ、目赤一家の九郎吉の耳に、仕舞屋の方から男の叫び声が聞こえてきた。

九郎吉は、思わず懐に呑んだ匕首の柄《つか》に手をかけたが、すぐに離した。

仕舞屋の方から徳次郎がやって来たのだ。

「何でえ、随分と手間がかかったじゃあねえか」

九郎吉は不満そうに言った。

「あんたがしくじれば、おれが殺っちまわねえといけねえからな。そろそろ様子を見に行こうと思っていたところさ」

「そうかい。お前に伴三が殺れるとは思えねえがな」

「何言ってやがんでえ。あんな野郎、おれが一突きで殺ってやるよ」

「どんな風に殺るんだ？」

「何だと……」

「手前《てめえ》、誰にものをぬかしやがる」

「誰に？　今じゃあ親分の言いなりになって、兄弟分を騙《だま》し討ちにする、落ち目の徳次郎さんに言っているんだよ」

「おれが親分の言いなりになって兄弟分を殺す男だと思うか？」

「何言ってやがんでえ！　お前は引き受けたじゃあねえか。殺るならおれに殺らせてくれ、おれにになら奴も油断するってよう」

「確かにそう言った。親分もお前らもそれを信じた。徳次郎は親分に逆《さから》えねえとな……。おれはそんな男だと思われたことが何よりも、頭にきているのさ」

「何を言ってやがるんだ……」

九郎吉は、徳次郎に恐怖を抱き始めて、再び懐の匕首に手をやった。

「そんな風に匕首を握って、伴三を一突きにするのかい」

「お前、まさか……」

「さあ、抜いてみろよ。おれが裏切った時は、お前がおれを殺ることになっていたんだろう」

「て、手前《てめえ》！」

九郎吉は堪《たま》らず匕首を抜いて、徳次郎に突き出したが、白刃が懐から出た刹那《せつな》、徳次郎の匕首の刃が腹に深々と突き立っていた。

「馬鹿野郎……。おれを手前《てめえ》らみてえな外道と一緒にするんじゃあねえや！」

九郎吉は一声も発せず息絶えた。

「徳、まだまだ腕は鈍っちゃあいねえな」

そこへ仕舞屋から出てきた伴三が、匕首を片手に声をかけた。

「こんな野郎に殺られて堪るかよ」

「おれが掘った穴がさっそく役に立つな」

二人はニヤリと笑い合うと、九郎吉の骸《むくろ》を抱えて、仕舞屋の裏手の雑木林の中へ埋めた。

「さて、これからだな」

「ああ……」

伴三と徳次郎は、二人で根太吉と治助に落し前をつけに行くつもりであった。

今宵、両親分は正式に手打ちの宴を開くことになっていた。

そこへ二人で乗り込んでけりをつけるのだ。

両家の乾分達が周囲を固めている。

ただ二人だけで殴り込んでも、ずたずたにされるだけであろう。

それでも、二人は俠客《きょうかく》の意地を見せてやりたかった。

目赤一家と一杉一家を同時に敵に回して、命を狙われるのならば、逃げずに戦って死んでやる。

いつかあの二人は渡世人として立派に生きたと、誰かが思い出してくれたら好い。

「親分は、おれ達を身内だと思って、飯を食わせたわけじゃあなかったんだな」

「野良犬に餌をやっておけば、喜んで毒見をするだろう……。そんなことだったんだ。おれはそれが哀しいぜ」

伴三と徳次郎は、己が悲運を嘆きながらも、

「死ぬも生きるも一緒」

と、心底思える兄弟分に巡り合えた幸せを、せめて今は分かち合おうと、

「腹拵えをしようぜ。台所飯くれえならすぐに用意できらあ」

既に飯は炊いてあり、漬物も味噌汁もある。

「徳、並んで食おうぜ」

「そいつはありがてえ」

二人はてきぱきと立ち働いて、白い飯に油揚げの味噌汁、大根の漬物で、〝台所飯〟を食べた。

連中は、九郎吉と徳次郎が戻ってくるのを待っている。

急ぐことはない。

だが、二人の様子をそっと見届けて、急ぎ駒込に向かう男達の存在に、伴三も徳次郎もまったく気付いていなかった。

男達の正体は、清次と鶴吉である。

駒込での目赤一家と一杉一家の動きは、既に鶴吉と、同じく魂風一家の頃からの仲間である、河瀬《かわせ》庄兵衛《しょうべえ》が調べていた。

徳次郎が目黒を出る時、何かが起こるかもしれないと、清次は鶴吉と二人で、徳

次郎の動きを見張った。

「もしや徳次郎は……」

お夏は駒込の様子を聞いて、手打ちのために伴三の命が奪われるのではないかと推測した。

もし、渡世の義理で、徳次郎が伴三を殺すようなことがあれば、あまりにも切ない。

その時は、割って入ってでも止める覚悟で、清次は鶴吉と仕舞屋を見張ったのだ。

だが徳次郎が伴三を殺すのを思い止《とど》まり、九郎吉を血祭りにあげ、二人で殴り込みに行くと誓い合ったところで、清次と鶴吉は改めて駒込に向かったのだ。

走るように夜の色に染められ始めた田圃道を行く二人は、目に涙を溜めていた。

「清さん、おれも歳だな。すぐに涙が出るようになっちまったぜ」

「兄ィ、歳のせいじゃあねえよ。ありゃあ泣くぜ……」

命をかけて人助けに生きてきた清次と鶴吉である。同じ歳恰好の伴三と徳次郎には、思い入れが強い。

「兄ィ、今宵は久しぶりに派手な仕事になりそうだなあ……」

落涙を堪える清次の顔が、初春の冷たい風に吹かれ、みるみるうちに引き締った。

八

目赤の根太吉と、一杉の治助は、互いに腹に一物《いちもつ》を抱えながらも、終始上機嫌で手打ちの宴に臨んでいた。

互いに五十を過ぎて、この先切ったはったの渡世など、ただ疲れるだけのものとなっていた。

それがひとまず手打ちとなり、互いに意地を張らずとも済むのだ。これほどのことはない。

倅の綾太郎を先兵として、目赤一家の縄張りを突いたのは治助である。

その倅を失ったのは、己の不甲斐《ふがい》なさから起こったことだ。

根太吉も、綾太郎を脅威と捉え、肉親同然の乾分・伴三を送り込んで、綾太郎を排除したものの、平和になれば己が保身のために捨て殺しにする。しかも、伴三とは兄弟のように暮らし、目赤一家のために働いてきた徳次郎にその始末を、当り前のようにさせるとは、人はこうも変わるものか。

二人共に三代目で苦労を知らず、夢は見ても、それを成すために血を流すつもりもない。

己のことしか考えない、俠客の風上にも置けない怪物と化してしまった。

根太吉は親戚筋から、午之助《うまのすけ》という三十過ぎの男を乾分に迎えて、こ奴を跡取りにせんとして引き廻し、今日の宴にも連れてきていた。

治助もまた、同じく米太郎《よねたろう》という乾分を跡取りに据えて、連れてきていた。

処は、かつて縄張りで揉めた小石川原町《こいしかわはらまち》の料理茶屋であった。

この地については、月替りで互いに賭場を開くことで落ち着いた。

「一杉の、初めからそういう相談をすりゃあよかったんだなあ」

「まったくだ。若え者同士が揉めちまったから訳《わけ》がいけなかった」

「伴三が先走りやがったのがいけなかったのさ」

「奴の首を差し出すとなりゃあ、もうおれも何も文句はねえや」

根太吉と治助は、ずっと揉めていた原因を伴三一人に背負わせて、酒が入り新たな賭場が出来たことで気が大きくなって、年来の知己のように酒を酌み交わし始めた。

　午之助と米太郎も、親分に倣い、互いに〝兄弟〟と呼び合って、こっちの方も盛り上がった。

　若い二人は同じような性質の、ただただ凶暴なだけのやくざ者であった。

　一時、根太吉も治助も抗争に怯《おび》えていた頃があったので、それぞれが縁者で、気性が荒く腕っ節の強い午之助と米太郎を重用し、一家の体面を保ったのである。

　それをいいことに、二人は共に縄張り内を引き締めるのだと、随分と阿漕《あこぎ》な真似をしては暴れ廻った。

　互いに相手を牽制《けんせい》するために、地元で驍名《ぎようめい》をあげんとしたわけだが、それに付合わされるのは甚《はなは》だ迷惑であり、町の者達からは忌み嫌われている。

　だが、親分同士の手打ちによって、殺し合いの脅威は去った。

「持ちつ持たれつやろうじゃあねえか」

　凶暴な二人の目は外へ向けられることになった。

　こんな輩《やから》が手を組むと、互いに気が大きくなる上に、己が強さを競うゆえに、ろくなものではない。

目赤一家と一杉一家が新たに開く賭場の一帯にも、古くから博奕打《ばくち》ちがいたが、午之助と米太郎が半殺しの目に遭わせて追い出していた。

勢いづく午之助は、

「親分、徳次郎の野郎も、始末をした方が好いですぜ。伴三を殺ったことで好い気になって、この先あれこれ無理を言うかもしれねえ……」

などと言い出した。

「なるほど。それもそうだな。徳は伴三とはがきの頃からの兄弟分だ。今はおれの言うことを聞いているが、伴三を殺すように指図されたと、それを根に持つかもしれねえ」

「おれに任しておくんなせえ」

「お前が手を下すまでもねえや。九郎吉にでもさせておけば好いや」

「いや、野郎には荷が重い」

「兄弟、おれも手伝うぜ」

米太郎がしゃしゃり出る。

治助はそれを止めもせず、

「徳次郎は、おれの倅を殺しやがった伴三の兄弟分だ。米太郎、お前、しっかりと露払いをしな」

と、けしかける。

料理茶屋は、寂圓寺《じゃくえんじ》に隣接している。閑静な樹木に囲まれた店で、悪巧みが行われている座敷は別棟になっていて、密談には恰好の場である。

庭には目赤の乾分、一杉の乾分が二人ずつ見張りに出ていて、床几に腰かけ、火鉢を囲んで酒をちびりちびりとやりながら、こちらも調子よく、

「兄弟、よろしく頼んだぜ」

と、手打ちに浮かれていた。

目赤と一杉が組めば、この辺りでは何も恐いものはない。

気も大きくなり、見張りとしての緊張も失《う》せていた。

女中が座敷に酒を運んですぐに下がった。

この後、徳次郎と九郎吉の到着を待ち、伴三の始末の報告を受けた後、女を呼んで一騒ぎするつもりであった。

明日は根太吉と治助が目黒へ出て、伴三の首実検をする手はずになっている。

女中が下がった後、手打ちの場はしばし彼らだけの秘密の一隅となった。

つまりここで起こったことは、外には漏れにくくなったというわけだ。

すると威勢よく言葉を交わしていた見張りの四人が、急に静かになった。

いつの間にか庭に忍び入っていた黒装束の四人が、電光石火の早業で見張りの衆の急所を打ち、失心させたのだ。

四人は、お夏、清次、鶴吉、河瀬庄兵衛であった。

かつて〝魂風一家〟として、方々で悪徳商人、不正役人達の蔵を荒らし廻った四人である。

あの頃と動きは変わっていない。

心に老いを感じていたお夏は、同じく己が術の冴《さ》えを確かめ気合が漲《みなぎ》る三人と、覆面から覗く目で合図をした。

中の四人には死んでもらう。

一気に片を付けて退却すると言う。

四人は、倒した見張りから長脇差を奪った。そして、お夏は音も無く庭から縁に上がり、障子戸をそっと開く。

そこから件《くだん》の長脇差を抜いた庄兵衛を先頭に雪崩《なだ》れ込み、お夏も中へ入って障子戸を閉める。

その間、瞬きが二つ出来るくらいの長さ。

いきなり視界に飛び込んできた黒い影に、戦う間も逃げる間も失った悪党四人は、それぞれ腹を一突きにされ、手打ちの後、仲よく黄泉《よみ》へと旅立った。

自分が死んでしまったことさえ、気付いていないのではなかろうか。

「伴さんと徳さんが死ぬか、お前達が死ぬか……。すまないが、こっちで決めさせてもらったよ」

お夏達は、片手拝みの後、たちまち料理茶屋から立ち去った。

やがて女中が座敷に新たな酒を運ぶ時、店は大騒ぎになるだろう。

正気に戻った見張りの四人は、自分達の長脇差で親分達が殺されていると見て、散り散りに逃げるに違いない。

女中が次に現れたのは小半刻（約三十分）後であった。

その時、既にお夏達はいつもの姿に戻っていた。

「さて、清さん、締め括りといくかい」

九

伴三と徳次郎は、小石川原町の料理茶屋へ殴り込みをかけんとして、寂圓寺近くまでやって来た。

しかしどうも辺りが騒がしい。

夜になれば、ひっそりとしているはずの町であった。

「徳、何かおっ始めたのか？」

「いや、そんな話は聞いちゃあいねえぜ」

怪訝な表情で、料理茶屋への道を辿《たど》ると、

「やっぱり伴さんと徳さんだったんですねえ……」

突如として、二人の眼前にお夏と清次が現れた。

「女将さんに、清さんじゃあねえか……」

「どうしてここに？」

伴三と徳次郎は、ぽかんとした表情でお夏と清次を見た。

「こっちが訊きたいですよう。徳さんは、入谷に帰るんじゃあなかったんですか？」

「あ、いや、伴三の家に忘れ物をしたのを思い出して、あれからまた戻ったら、その、伴三が駒込に用があるというので付合ったんだ……」

徳次郎は言い繕った。

「そうだったんですか。あたし達も、ちょいと野暮用で来ていたんですがねえ、お二人とはよほど縁があるようで」

空惚《そらとぼ》けるお夏の横から、

「何だか大騒ぎですよ。向こうの料理茶屋で、目赤一家の親分と、一杉一家の親分が、仲よく殺されていたそうで」

清次が続けた。

「殺された？」

「そいつは本当かい？」

伴三と徳次郎は、唖然《あぜん》として二人をまじまじと見た。

「こんな嘘《うそ》をつくはずがねえでしょう。何でも、互いに跡目を継ぐことになっているお人を連れてきて、引き合わせていたところ、四人共殺られちまったとか」

伴三と徳次郎は、顔を見合った。

「何か殺された四人と因縁でも？」

お夏はすかさず問うた。

「いや、そんなものはねえが……」

「とにかく、こんなところに長居は無用ですよ。うろうろしているとろくなもんじゃあない。そうだ、いっそ二人で旅に出たらどうです？」

「そいつは大変だ……」

「おれと徳次郎で旅に？」

「ええ、二人はいつも一緒が様になりますよ。並んで台所飯を食べるのが何よりなら、どこに行ったって、楽しく暮らしていけますよ」

お夏はニヤリと笑った。

「なるほど、徳、それもいいなあ」

「ああ……」

伴三と徳次郎はにこやかに頷いた。

「そんなら、また寄ってやってくださいな」

お夏と清次は、ひとつ頭を下げて、二人を置いて立ち去った。

伴三と徳次郎は、夜の闇に呑み込まれていくまで、お夏と清次を見送ると、懐の匕首を傍の繁みに捨てて歩き出した。

「徳、あの女将、おれ達の素性を見抜いていたんだろうな」

「そのようだ。あの清さんも、ただ者じゃあねえや」

「それにしても、こんなことがあるなんてよう」

「おれ達に付きがあったというわけだ」

「どうする？」

「こんなところに長居は無用だ。言われた通り、このまま旅に出ようじゃあねえか」

「ああ、それがいいや」

料理茶屋から聞こえくる騒擾《そうじょう》の響きが遠ざかっていく。

それにつれて兄弟分二人の表情は明るくなっていった。二人は歩きつつ、居酒屋でもらった酒を仲よく飲んだ。

「ああそうだ……」

伴三はふと思い出して、

「徳、お前何かおれに訊きてえことがあると言っていたよなあ」

「そんなこと言ったか？」

「言ったよ。危うく訊き逃がすところだったぜ」

「くだらねえ話さ」

「どうせくだらねえ話だろ。もってえ付けずに話さねえかよう」

「女の話さ」

「そいつはもう聞いたよ」

「甘酒屋に、おうたって娘がいただろう」

「ああ、いたなあ……。随分昔の話だぜ」

「お前、あの娘に惚《ほ》れていただろ？」

「何言ってやがんでえ」

「惚れていただろ？」

「ああ、ちょいと気が合った」

「どうしてものにしなかったんだ」

「そりゃあよう、お前がおうたに惚れていたのを知っていたからだよ」

「そうかい……。やはり気付かれていたか……」

「お前はおれにおうたを譲ろうとしただろう」

「お前も同じだろう」

「それを知ってものにできるかよう」

「馬鹿な話だ」

「ああ、とどのつまり、おうたはくだらねえ野郎に嫁いでいきやがった」

「そんなら伴三、これから行く先で、互《たげ》えに女房をもらおうじゃあねえか」

「好いねえ。おれも徳次郎も、もう堅気だ。女房をもらって、子供を作って、子供同士を一緒にさせよう」

「二人とも男だったら?」

「おれ達みてえな義兄弟にさせようぜ……」

伴三と徳次郎は、あてどもなく夜道を歩いた。

どこへ行ったって、二人一緒なら、恐いものはない。

別れたふりをして、旅に出る二人の姿を、お夏と清次が見送っていた。

二人の話し声は聞こえなくても、並んで歩く姿と足取りで、彼らの未来は見えてくる。

お夏と清次はそれを見届けると、ふっと笑い合ってその場を離れた。

小石川橋戸町《はしどちょう》で、河瀬庄兵衛と鶴吉と落ち合うことになっていた。

船着き場に、これも昔の仲間の船漕《ふなこ》ぎの八兵衛《はちべえ》が艪《ろ》を操り、船で迎えに来るのだ。

たまにはかつての仲間達と、密やかに宴を開きたい。

こんな血塗られた夜は特に――。

「清さん、そういやああんたと初めて会ったのは、うちの台所だったたねえ」

「へい、台所で飯を食わせてもらっていたら、お嬢がやって来て、〝おいしそうだねえ。あたいもいただこう〟と言って、並んで食べてくれやした」

「そうだったかねえ」

「一人で飯をかっ食らっているがきが、不憫《ふびん》に思えたんでしょうね」

「あたしもお腹が減ってたんだよ」

「あの時の飯はうまかった……」

「あたしもね……」

路傍の梅が白い花を咲かせている。

夜目にそれがはっきりと見えて、瞼《まぶた》の裏にこびりつく血の色を消していった。

第二話　菊落雁

一

　自分はそれほど親しいとは思っていないし、恩も義理もない。かといって好きか嫌いかというと、好きなのだろうという相手が、自分のことを、〝無二の友〟だと信じて疑わない——。

　そういう存在は、誰にでも一人や二人いるのかもしれない。

　お夏にとってのそれは、仏具店〝真光堂〟の後家・お春《はる》だといえる。

「根っからの箱入り娘には敵わないよ……」

　相手が誰であろうが、毒舌でやり込めてしまうお夏に、常々こんな台詞《せりふ》を吐かせるお春は、相変わらず荒くれの常連達に交じって、

「お夏さん……」

と、なに臆することなく、話しかけてくる。

もう五十を少し過ぎたであろうに、この十年歳をとったように見えぬ若々しさと、少女のような茶目っ気を持ち合わせている。

〝真光堂〟といえば、目黒不動門前にある老舗《しにせ》で、そのお内儀《ないぎ》はこの界隈では名士であるから、常連客肝煎の不動の龍五郎も丁重に接し、お春は、客達皆に慕われている。

こういう相手に懐かれると、お夏も邪険には出来ない。

「うんうん、そうだねえ」

などと相槌を打ってやり、

「何を呑気《のんき》なことを言っているんだろうねえ、この小母さんのお嬢さんは……」

時に苛々して叱りつけたりもする。

そしてお春は自分に遠慮なく、あけすけな物言いをするお夏を、

「年来の友人だからこそ」

と捉えて、あれこれ悩みを話したり、日頃の暮らしの中で溜《たま》る屈託を吐露するの

であった。

良人《おっと》と死に別れ、息子の徳之助《とくのすけ》が家業を継いでから随分と経《た》つが、

「まだまだ頼りなくて困るのよ」

というのがお春の口癖である。

お夏からは、〝永遠の箱入り娘〟と言われるお春であるが、仏具店に生まれ、仏具店に嫁いだ彼女は、商いに関してはなかなかに厳しい。

人をいかに使い、人をいかに見極めて付合っていくかが大事であると、徳之助には日々教え込んできた。

周囲の者から、

「徳之助さんも、お店の主の貫禄《かんろく》が出てきましたねえ」

などと言われると、内心ではほっとするものの、

「他人ごとだと思って、みんな調子の好いことを言ってくれるわよ」

とお夏には本音を言うお春の目に、徳之助は騙され易《やす》く、乗せられ易く映るのだ。

のんびりしているようで、意外に商人としての凄みを秘めている。それでいて、

何をしても愛らしく、人の心を和ませるお春に、

「もうお夏さんとも長いお付合いよねえ。お夏さんは、無二の友だわ」

と言われると、お夏も黙って相槌を打つしかないのである。

そのお春が、二月に入ったばかりのある日、

「お夏さん、ちょっとお願いがあるんだけど……」

と、切り出してきた。

お夏は嫌な予感がした。

店には既に、不動の龍五郎、政吉、駕籠《かご》舁《か》きの源三《げんぞう》、車力の為吉《ためきち》、米搗きの乙次郎《おとじろう》といったいつもの面々が来ていた。

どんな頼みかは知らないが、断ればこの面々は皆でお春の味方をして、お夏を詰るに違いないのだ。

「後にしておくんなさいな」

お夏は、今それどころではないと仏頂面でかわそうとしたが、

「婆ァ、そんなに忙しいわけでもねえだろう、聞いてさしあげねえか」

案の定、龍五郎が口を挟んできた。

「お前さん達の注文を通しているところだよう」

と返せば、眷属《けんぞく》達が、

「おれ達の注文なら気にしねえでおくれよ」

「お内儀さんの話の方が大事だからなあ」

「酒も料理も後でいいぜ」

「明日まで待ってもいいぜ」

と、やかましいことこの上もない。

「明日までいられちゃあ困るよ！」

やり合ってみても、とどのつまりは聞くしかなくなる。

——こういうところは、ちゃっかりしてやがる。

お春は、援軍がいる時分を狙って店に来て、頼みごとをしようと考えたのに違いない。

「何です？」

嫌そうな顔をしても、お春のにこやかでおっとりとした表情は変わらない。

こうなると、客の男達の心は、お春擁護でひとつとなる。

さすがのお夏も術中にはまった。

「近々、さとへ帰るんだけど、付合ってくれませんかねえ」

「さと帰りするのに付合えと？」

「そうなんですよ。これがちょっと面倒な話でしてね……」

お春の実家は、浅草広小路《あさくさひろこうじ》に店を構える仏具店〝法念堂〟である。

今はお春の兄・吉左衛門《きちざえもん》が主人なのであるが、その近くに〝稲毛屋〟という提灯《ちようちん》屋がある。

ここは吉左衛門とお春にとっては親戚筋である。亡父の従兄弟《いとこ》が〝稲毛屋〟の隠居・喜久右衛門《きくえもん》で、昔から互いに出入りをする間であった。

喜久右衛門には娘がおらず、

「春ちゃん……」

と、子供の頃からお春をかわいがってくれた。

とはいえ、お春は十八の時に〝真光堂〟に嫁ぎ、それからは浅草広小路に姿を見せることはなくなったので、喜久右衛門は随分と寂しい想いをしていると聞いていた。

今年になってから風邪をこじらせ、治ったもののすっかりと体力が衰え、床に臥《ふ》せる日も増えたそうで、

「一度、春ちゃんに会いたいのだが、どうだろうねえ……」

と、周りの者に漏らしているとのこと。

〝稲毛屋〟の現主人は喜久右衛門の息子・喜久之助《きくのすけ》である。

お春とは幼馴染であり、

「申し訳ないが、一度見舞ってやってもらえないだろうか」

そのように伝えてきたのだ。

今はもう、〝真光堂〟も徳之助が継ぎ、嫁のお登勢《とせ》もしっかりとそれを支えていると、喜久之助の耳に届いている。

お春も出かけ易くなったのではなかろうかと、考えたようだ。

喜久之助も三年前に、妻を亡くしていて、その折は徳之助が葬儀に赴いたのだが、ちょうどその頃、お春は体調を崩していて、参りに行けなかった。

お春は〝真光堂〟に嫁いだのだ。

そもそも実家の法事ならばともかく、親戚筋の提灯屋の女房の葬儀に出向くこと

はない、徳之助が参列すれば十分だと考えていたので、その後も訪ねることはなかったのだが、〝稲毛屋〟のことは気になっていた。

それで、実家にも長く帰っていないし、兄の吉左衛門からも、

「稲毛屋さんに顔を出しておあげ」

と言われて、帰ることにしたのである。

「事情はわかりましたけどねえ。お春さんのさと帰りにどうしてあたしが付いていかなきゃあならないんだい」

話を聞いて、お夏は顔をしかめた。

「わたし一人じゃあ心細いでしょう」

お春は、あっけらかんと応える。

「心細いって？　あんたのさとじゃあないか」

「でも、長いこと帰っていないし、あまり兄さんとは仲がよくなかったしね……」

「そんなところへのこのこ付いていって、どうなるというのさ」

お夏は馬鹿馬鹿しい話だとはねつけた。

すると龍五郎が、しかつめらしい顔をして、

「誰かが間に入ることで、兄妹の気まずさも晴れるんじゃあねえか……。そう言いてえんでしょう?」

と、お春に問うた。

「そう、親方の言う通りですよ」

お春も神妙に頷いてみせる。

「あたしが間に入ったら、よけいにややこしくなるよう」

「いや、そんなこたあねえ。婆ァ、お前にはおかしな力がある」

「どんな力だい?」

「どうしようもねえくそ婆ァのくせに、お前がそこにいると、どういうわけか、その場が落ち着くんだなあ」

「相手は老舗の仏具屋の旦那なんだよ。あんた達と同じようにはいかないよ」

「いえ、お夏さんはどこに行っても、同じだと思うわ」

「そんなことはないよ」

「お願い。お礼はするから」

「お礼なんていらないよ。店を空けるわけにはいかないだろう」

「何言ってやがんでえ、婆ァ、お前は手前《てめえ》の都合で勝手に店を何日も閉めたりするじゃあねえか」

「小母さん、一日や二日くれえ何とかなるさ。ねえ清さん……」

政吉が清次に問う。

「いや、まあそれは……」

清次も応えようがない。

「何なら、うちの嬶《かか》ァを手伝わせようか」

源三が続けた。

「ああ、おくめさんなら好いなあ」

「小母さん、遊山に行くと思って、お内儀さんのお供をしておあげよ」

「婆ァ、つべこべぬかすんじゃあねえや！」

最後は龍五郎が締め括る。

「まったく、冗談じゃあないよ……！」

お夏はしかめっ面をしてみせるが、どうもお春相手だといつもの調子が出ず、追い詰められてしまうのだ。

二

仏具店〝法念堂〟は、浅草広小路の東、材木町《ざいもくちょう》にあった。

「お夏さん、本当に助かるわ。持つべきものは友達ねえ……」

お春は終始上機嫌で、お夏を伴って久しぶりのさと帰りを果した。

抵抗空《むな》しく、付いて行くことになったお夏であるが、彼女にとってもこの辺りは懐かしい土地であった。

お夏の生家は、本願寺裏門前にあった。

〝相模屋〟という小売酒屋で、ここには荒くれ達が奉公人として集っていて、父・長右衛門の下で人助けに励んでいた。

居酒屋では、自分の出自について問われると、

「浅草辺りの酒屋の娘さ」

と伝えてはいるが、詳しくは話していない。

あまり知られたくないことだし、店の客達にとっても大した話ではなかった。

お春は同年代としてお夏を見ているようだが、お夏がまだほんの子供の頃、既に〝真光堂〟に嫁いでいたから、お夏をまったく認識していなかった。

お春の兄・吉左衛門は生まれてこの方、浅草の材木町に住んでいるから、相模屋長右衛門の娘だと言えば、或いは記憶にあるかもしれないが、〝法念堂〟出入りの酒屋は他にあり、

「本願寺裏の小店で、父親がお酒を商っておりました……」

と挨拶の折に告げても、〝相模屋〟が記憶にないらしく、

「それなら、どこかですれ違っていたかもしれませんねえ」

と言ったきり、何も問わなかった。

とはいえ、不動の龍五郎が言った通り、吉左衛門はお春がお夏を連れてきたことで、随分と気が楽になったようだ。

浅草への道中、

「うちの兄さんとは、子供の頃から気が合わないのよ。どうも生真面目《きまじめ》で、おもしろみがない男なのよ」

と、お春が評した通り、吉左衛門は〝法念堂〟が命より大事だという風情で、他

人のお夏の方が話しやすいのか、店の客に接するようにして、目黒の様子などを訊いてきた。

そんな話は妹とすればよいのだが、お春への接し方がわからず、お夏と話すことで、間接的に己が想いを伝えんとしたのである。

お春はそんな兄を、おもしろみがないと言うが、お夏から見れば、その方が老舗の仏具店の主としては、風格がある。

仏事に携わる男が、あれこれと洒落《しやれ》た話をするのは似合わない。そんな想いを胸に、〝法念堂〟の主を務めてきたのであろう。

店は内も外も掃除が行き届いているし、奉公人達は無駄口を利いたり、忙《せわ》しく動き回ったりはしない。

それでいて、客が入り辛《づら》い気配はなく、中を覗くと、にこやかに迎えて、

「ご用がございましたら、何なりとお申し付けくださいませ」

静かに声をかける。

——立派なお兄さんじゃあないか。

お夏は、人は会ってみないとわからないものだと、当り前のことが妙に新鮮に思

われた。

〝法念堂〟の様子は、正しく〝真光堂〟と変わらない。

〝真光堂〟にも代々の薫陶《くんとう》があったのであろうが、お春の良人が亡くなって久しい。

まだ頼りない息子を支えて店を切り盛りしてきたお春は、実家の様子を思い出し、それを奉公人に教え込んだのではなかろうか。

お春は、久しぶりに兄に会ったというのに、会話はもっぱらお夏に任せて、通り一遍のことしか言葉を交わさない。

お春は子供の頃から吉左衛門とは気が合わないと言っているが、気難しくて、意地の悪そうな男ではない。

お夏もさすがに、お春の供をするに当っては、日頃のような、黒襟のついた袖無しを引っかけて、首に襟巻、こめかみに膏薬《しゃく》といった出立はしてこなかった。

それでも、くそ婆ァの匂いを消すのも癪なので、地味な縞柄《しまがら》の着物に、髪飾りも控えめにして、まるで化粧っ気のない姿で訪ねた。それゆえ吉左衛門には疎《うと》まれるかもしれないと思っていた。

だがそれならそれで、後でお春に、

「だから、あたしを連れて行くからいけないのさ」

と、言ってやるつもりであったが、吉左衛門は妹が飾り気のない友人を連れてきたことで、ほっとしたらしい。

派手できれいな大年増《おおどしま》であったら、

「お春め、後家の気楽さで、浮かれているのではなかろうな」

と、考えるような男なのだ。

「申し訳ありませんが、お春に少しだけ付合ってやってください」

挨拶を交わして一通り話をすると、吉左衛門は仕事に戻り、お春とお夏を、奥の一間に案内するよう、女房のお佐栄《さえ》に言い付けたのである。

「お春さん、お久しぶりですねえ」

お佐栄は朗らかな気性で、女中を指図して、お春とお夏の身の回りの世話をさせると、その間はずっと喋っていた。

「お義姉《ねえ》さん、お世話になります」

お春は、兄嫁については、

「無邪気で好い人ですよ」

とだけ、お夏に伝えていた。

確かにその通りで、実直を絵に描いたような吉左衛門の妻として、家内を支えるには、ちょうどよい相手といえる。

とはいえ、お佐栄が〝法念堂〟に嫁いできてからすぐに、お春は〝真光堂〟に嫁いだので、それほどの付合いがあったわけでもなく、

「気心が知れているってほどでもないから、頼りにならないのよ」

と、お春の評は芳しくない。

「お夏さんは、居酒屋の女将さんだとか？」

「ええ、小汚い店なんですがね。どういうわけだか、お春さんにご贔屓《ひいき》いただいております」

「ということは、きっとお料理が好いのでしょうねえ。困ったわ。夕餉は何を召しあがってもらいましょう」

お佐栄はあまり料理が上手でなく、女中達を指図することも苦手らしい。

「ご飯は気にしなくても好いですよ。お夏さんと、どこかで食べてきますから」

お春はさらりと言ったが、

「そういうわけにはいきませんよう。夜はお春さんと一緒にと、継之助《つぐのすけ》も言っていますから」

仕出しを取ってでも、お春とお夏には家で食べてもらいたいとお佐栄は言う。

継之助は、三十前の吉左衛門とお佐栄の息子である。

時折、〝真光堂〟に文や物を届けたりするのは継之助の役目で、お春ともよく顔を合わせている。

父親に似ず、なかなかに快活な好男児で、お春は気に入っていて、

「おや、なかなか跡を継げない、継之助さんかい？」

会うとそんな風にからかっている。

それゆえ継之助は好いのだが、お春は、吉左衛門とその妻との会食が億劫なのだと気に病んでいた。

古い商家の食事は日頃質素なものである。〝真光堂〟もそうだが、元は上方の出店から始まった〝法念堂〟は、昼に炊飯をする。

昼は菜に干物のひとつも膳にあがるが、夜は冷めたご飯を漬物で茶漬けにして食

べ、翌朝は硬くなったご飯を、前夜の茶葉で煮て、茶粥《ちゃがゆ》にして食べる。

そんな食事が毎日続き、何か祝いごとや行事があった時だけ、夕餉には祝いの膳が出て、酒が付いたりもする。

この日、お春は〝稲毛屋〟の隠居・喜久右衛門の見舞いに材木町へ来て、その流れで実家に立ち寄っただけなので、特に祝いごとがあるわけではない。

さっさと〝稲毛屋〟へ行って、見舞いをすませて目黒へ帰ればよいのだが、吉左衛門とすれば、

「せっかく来たのだから、今日は泊まって、明日もう一度、小父《おじ》さんを見舞ってあげればよいではないか」

と、言わねばなるまい。

そうなると、客も伴って来ているのに、茶漬けを出すわけにもいかない。

料理には無頓着な義姉のお佐栄が、工夫をすることになるのだろうが、雑作をかけた上に、生真面目な吉左衛門と酒など酌み交わすのも煩《わずら》わしいのだ。

そして、気になっていた通り、お佐栄は夕餉の心配をしている。

こんな時、四角四面の吉左衛門は、

「どこかから料理を運ばせたら好いさ」

とは言わず、あくまでもお佐栄に託すので困る。

「ご新造さま、大層なことをしていただいては、あたしも気詰まりでございますよ」

お春の苦渋を見てとって、お夏が言った。

「せっかくでございますから、あたしがこちらにある物で、何か拵えさせていただきますよ。それで、お春さんとお店の皆さんと一緒にやらせてもらえたら何より嬉しゅうございます」

お春は我が意を得たりと、

「それが好いわ！　お夏さんは大流行《おおはや》りの居酒屋の女将さんですからね。家にある物でおいしいものを拵えてくれますよ」

わざわざ料理に凝らずとも、あり合わせの物ですませれば自分も気楽だし、今後店でその料理を献立のひとつに加えられるではないかと勧めたのだ。

「いや、でもお客さんに、そんなことをしていただいては……」

お佐栄は当惑したが、お夏が拵えてくれる料理にも興がそそられる。

「お春さんには、いつもご贔屓にしていただいているので、是非《ぜひ》そうさせてくださいまし」

お夏も、店の奉公人達と賑《にぎ》やかに食べる方がありがたかった。

「そのかわりと言っちゃあなんですが、お酒を皆さんにも少しだけ付けてあげてくだされば楽しゅうございます」

「それは楽しいわねえ。わたしも店の皆と久しぶりに話してみたいわ」

お春は、はしゃいでみせて、お佐栄を伴って吉左衛門に申し出た。

「これは困りましたなあ。だが、お夏さんさえよければお言葉に甘えましょう。お春、お夏さんにはお前の方から何かお礼をしておいておくれ。そのかかりは、わたしが持たせてもらうからね」

吉左衛門の返事は、どこまでも実直であった。

三

夕餉の心配が解決すると、お春はいよいよ提灯屋の〝稲毛屋〟へ、隠居の見舞いに出かけた。

その間は、お夏も広小路界隈をぶらぶらとしてみようかと思ったが、

「お夏さん、付合ってくださいな」

ここでもお春は、お夏を離さなかった。

「お春さん、会ったこともない人のお見舞いなんて勘弁しておくれよ」

お夏は、好い加減にしてくれと顔をしかめたが、

「お願い！」

と、拝まれるとやはり邪険に出来ない。

「わたし、こういうお見舞いとか苦手なのよ。〝よくきてくれたねえ……〟なんて泣きそうな顔を見せられると、どういうわけだか、笑いそうになるのよ」

「なるほどね……」

お夏は呆《あき》れ顔をしたが、言いたいことはわかる。

お春は、一旦笑い出すと止まらなくなる癖がある。そして、他人に対する観察眼と、それに対する笑いのつぼが、お夏と実によく似ているのだ。

例えば葬儀などで、僧がおかしな口癖を持っていると気付くと、そればかりが気

になって集中出来ず、法話を聞いている最中に笑いが込みあげてくる。

僧の鼻から鼻毛が一本出ているのに気付くともう大変である。

それが風に揺れたり、何かの拍子にさらに伸びたりすると、おかしくなって笑いを堪えるのに苦労するのだ。

性格も見てくれもまったく違うお夏とお春であるが、この部分が一致していて、そこに親しみを覚えることは否めない。

「あの〝むな毛屋〟の小父さんを見ていると、何だか笑ってしまうのよね」

お春は真顔で言う。

「〝いなげや〟だろう？」

「〝稲毛屋〟なんだけど、あすこの小父さん、胸毛があるのよ」

「やめとくれよ」

お夏は手で制した。

稲毛屋の隠居・喜久右衛門には胸毛があって、それが時折着物の襟から覗くので、お春は陰では〝胸毛屋の小父さん〟と呼んでいるらしい。

「それがまた、勇ましくないのよ。細長いのが四、五本、ひょろ〜ッと……」

「だからやめとくれよ！」

見舞いの最中にそれを見たら、おかしくて笑いそうになるので、横からそっと足をつねるなどして止めてくれとお春は言いたいのであろうが、

「そんなのを聞いちまったら、あたしだって笑いそうになるじゃあないか」

「お夏さんは、笑い顔を怒り顔に変えられるでしょ」

「どうして、知らない人の見舞いに行って、怒らないといけないんだい」

「怒ってないのに怒り顔の人っているじゃあない」

「そんならあんたは、笑っていないのに、笑い顔に見える人だってことにしとけば好いだろう」

「それって、何だか馬鹿みたいじゃないの」

「あんたは十分馬鹿だよ」

「お願いよ……」

押し問答のあげく、小半刻後、お夏はお春に付いて、〝稲毛屋〟の前にいた。

「お春さん、あんたこの店のご隠居には、随分とかわいがってもらったんだろう」

「まあね」

「それなのに、胸毛を見て笑うんじゃあないよ」

「実のところ、あんまりここの小父さんのことは好きじゃあないのよ」

「何だいそれは」

「あっちはかわいいと思ってくれていても、こっちはあまり嬉しくない……、そんな相手っていない？」

「そりゃあまあ……」

赤の他人ならば逃げ出したいところだが、親戚というだけで、親しくしなければならないおやじは、確かにいる。

だがそれにしても、

「お春さん、あんた見かけによらず、人の好き嫌いが多いねえ」

「あら、今頃気付いたの？」

お春は、からからと笑って、

「そんならお願いね」

と、お夏を伴い店へと入っていった。

「お春さん……」

すぐにお春の姿を認めて、嬉しそうに出迎えたのは、この店の主・喜久之助であった。

歳の頃はお春より少し上であろうか。

父・喜久右衛門からは、

「提灯屋は明るくなければいけないよ」

そう言われて育ったそうで、登場が実に朗らかである。

「この度は真に申し訳ない……。うちの隠居が、どうしても生きている間に会いたいと言ってね」

申し訳なさそうに言うのも愛敬があって、〝取っ付き〟が好い。

〝法念堂〟にいる時と違って、お春の表情も華やいだ。

「いいえ、友達が付いてきてくれましたのでね、物見遊山のようなものですよ。お気遣いはご無用に」

喜久之助はお夏を見て、

「あなたがお夏さんですか。ご一緒だと聞いて、お会いするのを楽しみにしておりました」

にこやかに小腰を折った。

「会ってみたら、とんだ婆ァが一緒で、がっかりしましたでしょう」

お夏の返事もいつもの調子に戻ってくる。

「ははは、とんでもない。妙に色っぽい人にこられても困りますよ。さあさあ、どうぞ一緒に会ってやってくださいな」

喜久之助は、有無を言わさぬ勢いで、お春とお夏を店先にこれでもかと並ぶ提灯を縫うようにして、奥の一間に案内した。

「よくきてくれたねえ……。春ちゃん、変わっていないねえ……」

喜久右衛門は、このところ臥せがちであったが、今日はお春が見舞ってくれるというので、床を出て角火鉢にもたれるようにして二人を迎えた。

「小父さん……、横になったままで好いのに……」

思わずお春の声も潤んだ。

息子の喜久之助とよく似た細面に、愛敬に充ちた目と口許。

明るい提灯屋の主人の風情が漂っている。

しかし、年老いて病がちとなれば、精気が抜けて、くたびれた感は否めない。

「実のところ、あんまりここの小父さんのことは好きじゃあないのよ」

などとお春は言っていたが、本心ではなかったのが見てとれる。

「春ちゃんがきてくれるのに、横になってなどいられないよ」

喜久右衛門は精一杯の笑顔を見せる。

「言っておくがねえ、おれはまだまだ死なねえよ」

「何だ、それなら慌てて会いにこなくてもよかったのね」

「へへへ、それがこっちのもくろみだよ。で、このお人が秋さんかい？」

「お夏さんよ」

「こいつは面目ねえ、ひとつ季節を通り越しちまったよ。おもしろいお人なんですってねえ。わたしは賑やかなのが好きなのでね、楽しみにしておりましたよ。いやいや、見ればなかなか一筋縄ではいかねえ様子のお人だ」

「ふふふ、目黒のくそ婆ァなんて言われていますよ」

「何の、くそ婆ァなもんかい。人の目はごまかせても、わたしの目はごまかせませんよ。お夏さんはとびきりの好い女なのに、そいつを上手に隠していなさる」

「さすがは小父さん、わたしもそう思っているのよ」

お春が楽しそうに続けた。

「ああ、もう少しおれが若けりゃあねえ。本当の顔を見破ってみせるんだがねえ……」

軽口を言いつつ、喜久右衛門はお春に会えてほっとしたのか、哀感を呼んだのか、たちまち涙目になってきた。

「小父さん、今さっき、おれはまだまだ死なねえ、なんて言ってたじゃあないの」

「そうだったねえ……」

涙ぐむ喜久右衛門の様子に、その場は沈んだが、着崩れた喜久右衛門の胸許から、件の胸毛がふっと覗いた。

ここはまったく笑う場ではないので、お夏は見ぬふりをしてやり過ごそうとしたが、同じくそれを発見したお春は、思わずお夏の顔を見た。

——あたしを見るんじゃあないよ！

お夏は怒った顔で見返した。

この期に及んでまだおかしいのか、あまりにも不真面目ではないかと、腹が立ってきたのだ。

しかし、お春の顔には、

――見て見て、言った通りでしょ。細長いのが四、五本、ひょろ～ッと。

という悪戯《いたずら》っぽい表情が浮かんでいる。

こうなるとお夏もおかしくなってくる。

笑ってはいけないと思うと笑えてくる。

お春は明らかにお夏を笑いの道連れにしようと考えている。

それならば、この場を笑いに変えればよい。それに上手く乗って笑いを体内から吐き出すのだ。

お夏は笑いを怒りに変えて、吹き出すのを抑えると、

「ご隠居様、いけませんよ。もっと笑ってくださいまし。笑えば元気も出るものです」

叱るように言った。

「そうだねえ……。お夏さん、好いことを言ってくれたよ。ははは、わたしはまだまだ老け込みませんよ！」

喜久右衛門は、お夏の誘いに乗ってくれた。

「ほほほ、そうよ小父さん、もっと笑ってよ。ほほほ……」

ここを先途《せんど》と、お春は体中に溜った笑いを吐き出したが、

「小父さん、提灯屋は明るくなくっちゃあいけないんでしょう。まだまだ達者じゃありませんか。胸毛だってまだ抜けずにあるみたいだし」

やはり胸毛が気になるようで、つい口にした。

「お、こいつかい？」

喜久右衛門は己が胸許を撫《な》でながら、
と、笑った。

「何だかしけた胸毛で情けねえや」

「ちょいと白くなっちゃいましたけどね……」

お春は久しぶりに見た胸毛が白くなっていたのが、おかしくて堪らなかったようだ。

それから腹を抱えてお夏をちらちら見ながら笑った。

「ははは、やっぱり春ちゃんがいると楽しいねえ」

喜久右衛門はたちまち元気を取り戻したし、傍らで見ていた喜久之助も、楽しそ

うに笑いながら、

「お父っつぁん、よかったねえ。会えてほんとうによかったねえ」

何度も頷いてみせたのであった。

四

「また明日、寄りますからね……」

お春はそう言って喜久右衛門を喜ばせると、〝稲毛屋〟を出た。

「お茶でも飲まないかい？」

喜久之助は、近くの菓子屋にお春を誘った。

「お夏さんもお付合いください。あんなに楽しそうな隠居を、近頃見たこともなかった。二人のお蔭です……」

菓子屋には、店先に長床几が三脚ほど置いてあって、名物の落雁《らくがん》を食べながらお茶を飲めるのだ。

「ここの落雁、好きだったよねえ」

「喜久さんもね」

「お夏さんはどうです？」

「落雁は好きですがね、あたしも久しぶりの浅草なので、ちょいとこの辺りをぶらぶらとさせていただいて、帰りにひとつ、つまませてもらいましょう」

お夏は半刻（約一時間）ばかりしたらまたここへ戻ってくると言って、

「一緒に食べましょうよ」

と誘うお春に、

「あんたと一緒にいると、結構疲れるんでね。喜久之助さんにお相手してもらいなさいな」

そう言い残して、さっさと菓子屋から離れた。

お夏はまだこの後、〝法念堂〟の夕餉で一働きさせねばならないのだ。

——まったく、どうしてあたしがこんな目に遭わないといけないのさ。

お春とは確かに長い付合いとなったし、女同士助け合いたい気持ちもあるが、お春の過去にここまで関わるつもりなど、さらさらなかったというものを。

落雁は好物ではある。

なかなかに高級な干菓子で、白い砕米に黒胡麻をかき入れて、黒胡麻が点々とするのを地に降りた雁に見立てたゆえ、その名が付いたという。近江八景《おうみはっけい》の堅田《かたた》の落雁が由緒であるとか。

菓子屋は〝菊屋〟といって、菊の模様が入った〝菊落雁〟が名物だと、喜久之助は言っていた。

喜久右衛門、喜久之助。〝喜久〟と〝菊〟をかけ、稲毛屋父子は菊を好んだ。

それでよく使い物などにしていたし、甘い物好きの喜久之助は、今でもここで落雁をつまんで茶を飲んで一服するのが好きなようだ。

彼が勧める落雁の味には興をそそられるが、後でつまめばよいことだ。

お夏がさっさと〝菊屋〟から立ち去ったのは、一人になりたかったこともあるが、お春を喜久之助と二人にさせるべきだとも考えたからだ。

――お春さんはよくわからないが、提灯屋の旦那は、お春さんに気があるんじゃあないのかねえ。

お夏は、お春を迎えた喜久之助を見て、すぐにそう思った。

幼馴染であるから、久しぶりの再会を喜ぶ気持ちはわかるが、五十を過ぎたお店の主の表情としては、どこか浮わついたものが見受けられた。互いに親が決めた相手と一緒になったが、その実、思い合うものがあったのかもしれない。

——まあ、爺《じい》さん、婆《ば》ァさんには、もう浮わついた気持ちなんか、残っていないかもしれないがねえ。

思い出話に花が咲き、そこに若き日のときめきが蘇《よみがえ》れば、少しは若返ろう。

お夏は、落雁を食べた後のお春の表情を見るのが、楽しみになってきた。

〝菊屋〟の二人は、もう何に対しても動じない年恰好だが、若者のような瑞々《みずみず》しさに溢《あふ》れていた。

人生の荒波にもまれ、歳を重ねてきた男と女であるから、心の奥底にある想いを、分別の衣で覆い隠す術は知っている。

そして互いにその衣の下を覗き見ることが出来る、やらしさも持ち合わせている。

「お春さん、なかなか家《うち》の外へは出られないかもしれないが、息子夫婦に店を任せたのなら、それなりに暇もできたんじゃあないのかい？」

菊落雁を食べながら、喜久之助はそんな話をしていた。

「暇ができたかと言われると、何も考えないで過ごせる日が増えたわねえ」

「それならおれも一緒だよ」

「喜久さんが？」

「うちの隠居が亡くなれば、おれは倅に店を譲るつもりでいたんだが、今の様子ではどこまで生きるか知れたもんじゃあない。お春さんに会えて子供みたいに喜ぶ親父を見ていると、隠居が二人いたって好いじゃあないか、とね」

「隠居が二人いるのも、それはそれでおもしろそうね」

「まだ達者なうちに、あれこれと楽しんでみたいからねえ……」

「暇ができたらどうするつもり？」

「目黒に遠出をして、お不動さんにお参りしてみたいねえ。その時は、案内してくれるかい？」

「ええ。どうせ暇ですから」

「お春さんには、もっと浅草へきてもらいたいねえ」

「この辺りも随分と変わったようですね」

「その、変わったところを案内したいのさ」

「お互いに町を案内する。そういうのもおもしろそうね。喜久さんもわたしも、これまでずっと店のことに励んできたのだもの」

「ああ、まったくだ……」

町は日々変わっていく。

お春を置いて一人で町をぶらぶらと歩くお夏も、それを実感していた。

同じ浅草でも、お夏がかつて暮らした本願寺裏と広小路は、まったく世界が違ったような気がする。

かつてお夏は好奇心旺盛な娘であったが、家から遠く離れて遊び廻るような真似はしなかった。

その頃は目黒で暮らすようになるとは、夢にも思っていなかった。

それはお春も同じはずだ。

半刻ほど経ってから、お夏は〝菊屋〟へ戻った。

喜久之助と話をしているお春は、小娘の頃のあどけなさを体全体に浮かべているように見えた。

五

「お夏さん、もう寝た……？」

「いや、何だか眠れないねえ」

「ちょっと話を聞いてくれる？」

「あんたは、ここへきてから娘のようにはしゃいでいるねえ」

「いけない？」

「いえ、楽しそうでよかったよ」

「付合った甲斐があった？」

「ええ、何よりだったねえ」

「店の皆も喜んでいたわ。ありがとうね……」

〝法念堂〟の夕餉は盛況の内に終った。

日頃なら茶漬けをかきこんで眠ってしまうのだが、奉公人達はお春とお夏歓迎の小宴に沸いた。

この日、お夏があり合わせの物で拵えたのは、〝団子汁〟であった。

お夏の居酒屋では、夕餉を食べに来る客の流れが収まると、その日の食材をあれこれ鍋に放り込んで味噌仕立ての汁を拵える。

ここにうどん粉を練った団子を加えるのだ。

少し濃いめの味にするのがこつで、団子を食べながら軽く一杯やり、熱く煮た二椀めの汁で、冷めた飯を食べると、これがなかなか美味い。

大鍋に少しごま油を入れ、野菜や油揚げを炒めてから汁にすると、とろりとした油が汁をますます熱くするので、冷めた飯との相性が実によい。

とりたてて、何というほどの料理ではないのだが、残り物を放り込んだだけの汁も、少し工夫を加えると新鮮な一品となり、茶碗の酒が幸せな心地にさせてくれる。

「はいはい、皆さん、ご苦労さんですね。たんとおあがりくださいな」

台所で汁をよそうお夏は、居酒屋の出店を開いたような様子で、息子の継之助などは、

「目黒へ行ったら、きっとお夏さんの店に寄らせてもらいますよ！」

と、はしゃいだものだ。

吉左衛門とお佐栄も、奉公人達を喜ばせてくれたお夏に感謝して、

「お春、お前は目黒でかけがえのないものを見つけたようだな……」

吉左衛門は、何やら思い入れたっぷりに言った。

「ええ、これも兄さんのお蔭なのでしょうねえ……」

お春はにこやかに応えたが、その時の表情には、翳《かげ》りがあった。

〝法念堂〟での夕餉は盛況の内に終ったが、お夏の心にちょっとした引っかかりを残していた。

後は客間で眠るだけであったのだが、お春はお夏と並んで寝るのを望んだ。

――小娘だねえ、まったく。

布団にくるまりながら、お春はあれこれと話をしたいのであろうが、いい加減疲れる小母さんだと、お夏は辟易《へきえき》していた。お春はこの夜のためにお夏を誘ったのではないかという気がしたのだ。

〝法念堂〟の主・吉左衛門、親戚筋の〝稲毛屋〟の、喜久右衛門、喜久之助父子――。

今日一日、会ってみると、誰もが好人物であった。

しかし、お春は誰に対しても、どこか冷めた目で見ているように思える。

その理由を、お春はお夏に聞いてもらいたいのではなかろうか。

いささか面倒ではあるが、お夏もまた胸に生まれた疑問を質したくなる。

ここはひとつ、眠れぬ夜の徒然《つれづれ》に、お春の物語を聞いてみようかと、

「お春さん、あんた、喜久之助さんのことが好きだったんだね」

ニヤリと笑って、水を向けた。

「やっぱりわかる？」

お春は声を潜めた。

恥じらいが彼女を若返らせた。

消灯した部屋の中では、そこに少女がいるかのようであった。

「一緒になれなかったことを、あんたは今でもちょいとばかり、根に持っている
……。そうだね」

「さすがはお夏さん……」

「お春さんは、わかり易い人だからねえ」

「馬鹿みたいじゃないの」

「そういう馬鹿は、もてるんだよ」

「そうなの？」

「とにかく、一緒になりたかったけど、そこはわかってもらえなかったというわけだね」

「まあ、よくある話なんだけどね……」

六

お春は厳かさが売りの仏具店に生まれたが、生来快活で明るい娘であったので、生家にいるより、親類の提灯屋で遊んでいる方が楽しかった。

〝胸毛屋の小父さん〟は、

「春ちゃん、春ちゃん」

と、お春をかわいがってくれたし、その息子の喜久之助も明るい気性で、いつもお春を笑わせてくれた。

兄・吉左衛門と喜久之助は、同じ歳恰好であったが、仏具店の主になるために生まれてきたような吉左衛門とは違って、喜久之助は話していても飽きなかった。

――わたしはきっと、喜久さんに嫁ぐんだわ。

喜久之助とお春の仲のよさは、誰もが認めるところであったし、周囲の者達はお春の意を察して、夫婦にさせてくれるものだと思っていた。

〝法念堂〟の父親にも、〝稲毛屋〟の喜久右衛門にも、

「わたしは、喜久さんのお嫁さんになるのよねえ」

と、日頃から言っていたし、

「ああ、そいつはいいねえ。よく似合っているよ」

皆も口を揃えてそんな風に応えていた。

だが、それは大人達が口先で言っていただけのことで、ある日気が付くと、お春の縁談がまとまっていたのだ。

お春は唖然とした。

まず、兄の吉左衛門をそっと捉まえて、

「お兄さん。わたしの縁談がまとまったと聞いたけど、本当なの？」

と、問い質した。

「お春は早耳だねえ……」

吉左衛門は呆れ顔をして、

「まだはっきりとしたわけじゃあないが、目黒の真光堂さんが、お前を是非にと仰《おつしや》っていてね」

さらりと応えた。

「もうほとんど決まったも同じだよ。これは好い縁談だ。わたしも嬉しいよ」

「お兄さん。好い縁談かどうかは知らないけど、わたしの気持ちはどうなるの？」

「何を言っているんだよ。結婚なんてものは、親が決めてくれた相手とするのが何よりなんだよ」

「わたしは、てっきり喜久さんと一緒になるもんだと……」

若さゆえの純情が、正直な気持ちを吐露させた。

それも、頼りにしていた兄ゆえである。

四角四面で、子供の頃から老成していて、まるでおもしろみのない男だが、お春にはいつもやさしかった。

こんな話をすれば、まず何か考えてくれるのではないかと思っていた。

しかし、吉左衛門は、

「提灯屋の喜久之助？　ははは、あれは兄弟のような者じゃあないか。そもそもは、うちが主筋に当るんだよ。お前が嫁ぐ相手じゃあないさ」

にべもなく言い捨てた。

お春は悔しくなって、

「だけど、喜久さんも、お春ちゃんが嫁になってくれたら嬉しいんだけどなあ、なんていつも言ってくれたわ」

と、突っかかった。

「なってくれたら嬉しいと言っていたんだろう。嬉しい気持ちはあっても、そうはいかないことを、喜久之助もわかっているさ」

吉左衛門はその少し前に、神田の仏具店の娘であったお佐栄を嫁に迎えていた。

「うちも老舗の〝法念堂〟だ。縁談には釣合が大事だってことをねえ」

「提灯屋は、提灯屋から嫁を迎えるってこと？」

「その方が、互いのためになるからね」

「喜久さんは、そんな風に考えているのかしら」

「喜久之助だって、立派な提灯屋の跡継ぎなんだ。その辺りのことは、しっかりとわきまえているさ」

「そうなんですかねえ」

「ああ、あっちも近々縁談が決まりそうだと聞いたよ」

「何ですって……」

ちょうどその頃。〝稲毛屋〟にも縁談が持ち上がり、喜久之助は芝の提灯屋の娘を嫁に迎えることになっていたのだ。

「お春、いつまでも子供のままでいてどうするんだよ」

吉左衛門は、そう言ってこの話を終えてしまった。

お春は、世の中で自分一人が取り残されたような気持ちに陥った。

純な想いを人に持ち続けて大人になろうとしたら、〝聞き分けのない子供〟だと一笑に付されたのだ。

お春は深く傷ついた。

その時の悔しさは、ずっとわだかまりとなって残った。

吉左衛門、喜久右衛門、喜久之助……。

彼らはそれぞれ運命に忠実であった。忠実であることで、身内の者、店の奉公人達の安泰をはかったというのはわかる。

だが、裏切られたという想いは拭えなかった。

そしてわだかまりを抱きつつ、お春も運命には逆えず、目黒の〝真光堂〟に嫁いだのであった。

幸い、目黒の地も嫁ぎ先も好いところであった。

胸に傷を抱えながらも、お春はここで世の中を知り、一人の女として成長を遂げた。

今から思えば、兄の想いも、〝稲毛屋〟の想いも、間違ってはいなかったと理解出来る。

それでも、よかったのだと、心から思えないでいた。

お春の縁談を、親と一緒になって進めた兄・吉左衛門。

あれだけ自分をかわいがってくれながら、息子の嫁には望まなかった、〝稲毛屋〟隠居・喜久右衛門。

お春の気持ちを知りながら、連れて逃げてでも一緒になろうという気概を示してくれなかった喜久之助。

「わたしは、目黒に嫁ぎ〝真光堂〟の人となったのだ。外へ追いやった上は、忘れてくれたらよい」

そんな想いで生きてきたから、どうしてもよそよそしくなってしまうのだ。

話を聞けば、お夏は久しぶりに実家へ帰りながら、誰に対しても突き放すような態度をとる、お春の心情がよくわかった。

「でもお春さん、喜久さんは何年たっても、お前さんの気持ちを覚えていて、ずうっと心の内で気に病んでいたはずだよ」

「ええ、そのようね」

「落雁つまみながら、そんな話をしたんだろう?」

「はっきりは言わなかったけど」

「そりゃあそうさ。言えば死んだかみさんに申し訳が立たないし、あんたの死んだ亭主にも悪いと思ったんだよ」

「でも、互いに今は独りになったわけだし、喜久さんも近々隠居をするから暇ができる。目黒へ遊びに行くから案内をしてくれと言われたわ」

「いいじゃあないか。あんたも、時には浅草へ帰って、喜久さんに変わった町を案内してもらったらどうだい」

「そうも言われたわ」

「よかったじゃないか」

「でもねえ……」

「何だい？」

「爺さんと婆ァさんが、何をちちくり合っているんだと笑われそうで、ちょっとねえ」

「気になるかい」

「今でもそういう気持ちをわたしに持ってくれていたとわかったのは嬉しかったけど……」

「まだ、わだかまりが残っているとか？」

「それも、会って話せばなくなったけど、何だか気力が湧かないのよ」

「当り前だろう。あんた五十過ぎてるんだよ。若い時のようにはいかないよ」

「そうね……」

「この先、誰からも相手にされないまま死んでいくのは寂しいよ。あんたはおもしろい婆ァさんなんだから、若い者には逆立ちしたってできない恋をしてやれば好いんだよ」

「そうね……。お夏さんの言う通りだわ……」

「よかったじゃあないか、さと帰りをして。きっかけを作ってくれた胸毛屋の小父さんを、これからも時々見舞ってあげなよ」

それに託《かこつ》けて、喜久之助との三十数年の間凍結された恋を、ゆったりと溶かしながら、五十女が忘れていた、男《ひと》に寄り添う温もりを味わえばよいと、お夏は少しばかり冷やかすように告げた。その上で、

「言っておくけど、あたしはそんな話を他人におもしろおかしく言ったりはしませんからね。もしも何か言われるようなことがあったら、他を疑っておくれよ」

「わかっているわよ。お蔭で、後は死んでいくだけだと諦めていたこれからの暮らしが、花が咲いたように明るくなるわ」

「相手は提灯屋だからね」

「ふふふ、そうね……。でも、その前にしなければならないことがあるのよ」

お春は深刻な表情になって、布団から体を起こすと、座り直してお夏を見た。

「何だい？　改まって……」

「お夏さん、お願い！　明日、質屋に付合って」

「質屋？」

怪訝な表情のお夏に、お春はゆっくりと頭を下げた。

七

翌朝。

お夏とお春は、大川を渡る船の上にいた。

「まったく、あんたって人は、昔から変わり者だったんだねえ」

お夏は終始呆れ顔をしていた。

「変わり者と言わないでよ。これは女の一念でしたことなんだから」

「女の一念というほどのもんじゃあないでしょうよ」

「わたしにとってはそうなんです」

「それにしたって、あたしが付合わなくったって好いでしょう」

「一人じゃあ心細いんだもの。もし流れていたら、息が止まってしまうわよ」

「そんなか弱い女じゃあないだろう……」

なかなかに図太い女のくせに、人目にはか弱く映るのが、お夏はどうも頭にくるのだ。

昨夜は質屋の話がお春の口からとび出して、困惑した。

あまりにも他愛ない話なのに、お春は苦悶の表情で打ち明けるので、お夏もそれをどう受け止めて好いかわからなかったのだ。

一口に言うと、三十数年前に〝恵比寿屋〟という質屋に持ち込んだ品を、今になって請け出しに行くという、まことにふざけた話なのである。

当時、〝恵比寿屋〟は広小路の西の端に店を構えていた。

それが、お春が目黒に嫁いだ後に火事に遭い、お上に願い出て、店を大川の対岸にある北本所番場町《きたほんじょばんばちょう》に移したのである。

となれば、お春が質に入れた品は、燃えてしまったのかもしれない。

「そもそも三十何年も前に質入れした物が、今もあるはずがないじゃあないか」

と、お夏は思うのだが、

「いえ、何年たとうが店の主を務めている間はこれは流さない……、作兵衛《さくべえ》さんはそう言ったんだから」

お春はきっぱりと言う。

「その作兵衛さん、生きていりゃあいいがねえ」

「それもそうね……」

船の上で、お春は下を向いた。

お春が質に入れた品というのは、喜久之助愛用の銀煙管であった。

銀延べで、菊模様を散らした、喜久之助らしい逸品であった。

お春がいよいよ浅草を出て目黒へ嫁ぐ前日のこと。

お春は、喜久右衛門と喜久之助に別れの挨拶に出向いた。

ちょうどその時、喜久右衛門は出かけていて、

「すぐに帰ってくるから、ちょっと待っていてくれないかい」

喜久之助は、店の奥の帳場の前にお春を招いて、茶を出してくれた。

「寂しくなるよ……」

しんみりとして喜久之助は言った。

それがお春にとっては、せめてもの救いであった。

「喜久さんが、わたしをもらってくれないから……」

そう言って詰ってやりたかったが、まだ人としての厚かましさを備えていないお春ははしたないと思った。

「寂しくなんかないでしょう。近々好いお嫁さんがきてくれるのに……」

やっとのことでそう言うと、喜久之助は哀しそうな表情となって、

「ちょいとお父っつぁんを見てくるよ」

逃げるように表へ出た。

喜久之助が、他所《よそ》から嫁を娶《めと》るのを、内心では満足していないとお春には見てとれた。

――喜久さんも辛いのだ。

と、労《いたわ》る想い。

――それなら、何としたって、わたしをもらってくれたらよかったのに。

という恨み。

二つの想いが合わさって、十八のお春の心を乱した。

ふと足許を見ると、框《かまち》の下に光る物があった。

拾い上げてみると、喜久之助愛用の銀煙管であった。

その時、どうしてそんなことをしてしまったのか、今でもわからないのだが、お春はそれを袂《たもと》に隠すと、

「喜久さん、また後でくるわ」

表でそわそわとしていた喜久之助に言い置いて、そのまま立ち去ったのだ。

一緒になるのが叶《かな》わなくったって好い。

それでも、

「わたしは、お春ちゃんを嫁にもらいたい。無理な話でしょうか？」

かけ合うだけの気持ちを、自分に見せてもらいたかった。

するだけのことをしてくれてこそ、

「喜久さん、もう好いのよ。ありがとう。嬉しかったわ……」

自分も得心して、目黒へ嫁げたというものを――。

そんな恨みごとが、頭の中を駆け巡っていたのは確かだ。

そこからさらに、お春はとんでもない行動に出る。

その銀煙管を手に、〝恵比寿屋〟へ行ったのだ。

喜久之助への意趣返しに、それを大川にでも投げ入れてやろうかと思ったものの、煙管をこの世から消し去ってしまうのも気が引けたのに違いない。

〝恵比寿屋〟という質屋があるというのは知っていたが、〝法念堂〟とは付合いもなく、主の作兵衛とは面識もなかった。

それゆえお春も、ここへ質入れしてしまえばよいと、咄嗟《とっさ》に考えたのだ。

しかし、盗んだ物を金に替えるというのも後生が悪い。

店に入ると、

「あの、まず、話を聞いていただけますでしょうか」

肚を決めて作兵衛に言った。

「はい」

作兵衛は、三十を少し過ぎたくらいであったろうか。

人の秘事に触れる仕事をしている男だ。

仏具店の跡継ぎである兄・吉左衛門が持つ実直そうな風情に加えて、切羽詰まって質屋に飛び込む者の心を和ます、提灯屋の喜久之助に似たにこやかさを兼ね備えている。

「何かお困りごとでも？」

作兵衛は穏やかに言った。

お春を見て、その身形《みなり》からして金に困って質入れに来た女ではない、何か理由があると思ったのだ。

「お困りというわけでもないのです……。これを拾ったのですが、いくら探し求めても持ち主が現れません。お役人も御用聞きの親分も、あまり頼りになりませんから、こちらで役立てていただこうかと……」

お春は、そんな出まかせを言うと、件の銀煙管を作兵衛の前に置いた。

「なるほど。持ち主が見つからない煙管ですか……」

作兵衛はそれを手に取ってしげしげと眺めた。

「うむ、これはなかなかよい物ですよ」

「あの、わたしは決してこの煙管をお金にしようと思って、ここへ持ち込んだわけではありません」

「ここへ置いておけば、誰か拾った人が質入れをしたのではないかと思って、訪ねてくるかもしれないと?」

「え、ええ、そういうことです。ですからわたしは、お金をいただきませんので……。よろしくお願いします」

「わたしがただで預かっておいて、そっと流してしまうとは思わないのですか?」

「いえ、こちらは信用がおける質屋さんと聞いていますので」

「ほう、それは見込まれたものですな」

作兵衛は、にこやかにお春を見て、少し首を竦《すく》めてみせた。

お春はここへ持ち込んでよかったと思った。

その時まで〝恵比寿屋〟の主人がどんな人かは、知らなかった。それが言葉を交わしてみて、

――この人なら悪いようにはしないはずだわ。

と、わかったからだ。

だが、言われてみて気付いたのだが、そのうちに、喜久之助がこの質屋を訪ねてきて、煙管を誰かが拾って金に替えていないか作兵衛に問えばどうしよう。

この煙管を持ち込んだのが、お春であったと喜久之助は知るかもしれない。

そう考えると、このまま持ち帰って、〝稲毛屋〟の元あったところにそっと置いておくのが賢明ではないだろうか。

そんな気持ちが胸を過《よぎ》った。

——いや、それでは何をしにきたかわからない。

これは喜久之助へのささやかな意趣返しなのだ。

その想いが勝った。

——すぐに店を出よう。

お春は自分の名は告げず、

「とにかく、わたしが持っていても仕方がないものなので、どうか預かってください。落した人がいけないのですから、時がたったら流してしまってください。それでは……」

店を出ようとしたが、

「ちょっとお待ちください。わたしの方も、お金をお渡しせずに質草をお預かりするわけには参りません」

作兵衛は呼び止めた。

「いえ、といってわたしもいただくわけには参りません」

「困りましたねえ。ではこうしましょう。この煙管はわたしがこの店の主を務めている間お預かりして、その間に持ち主が現れたらその人にお返ししましょう。だが手前共も、質草を扱うのが仕事でございますから、預かり賃を持ち主から二百文だけ頂戴することにします。それで、あなた様には百文を骨折り賃としてお渡ししましょう」

作兵衛はそう言って、お春に百文を払い、それに質札を添えたのだ。

気が変わって、銀煙管を請け出したいのなら、質札に百文を添えて渡してくれたらよい。

それ以後は、銀煙管を好きなようにすればよいし、いよいよ自分が隠居する時に、質草は流してしまうつもりだと、にこやかに告げたものだ。

お春には意味合いがよくわからなかったが、つまりいつかこの銀煙管は〝恵比寿屋〟の物になるので、手間賃を百文渡しておこうということになる。

落し主が現れたら、預かり賃を二百文払わせ、お春への百文を差し引いて、店は百文を得るわけだ。

「うちも商売ですからね」

作兵衛はそう言ったが、〃恵比寿屋〃は百文で質草を取ったものの、お春も落し主も煙管を取りに現れなければ、質草は何十年も流すことが出来ない。

百文損したようなものではないか。

しかし、確かに百文くらいなら、手間賃としてもらってもよかろう。

お春は作兵衛がよければ何だってよかった。

――この百文で喜久さんに落雁を買ってあげよう。

百文と質札を持って、そそくさと店を出たのであった。

八

かくしてお春は、お夏を伴い〃恵比寿屋〃の前に立った。

「あたしは一緒に中へは入らない。ここで待っているから、早くけりをつけておいでな」

お夏は有無を言わさぬ、きっぱりとした口調で言った。

お春は神妙に頷いて、もう何十年と持ち続けた質札をお夏に掲げてみせると、店の中へと入っていった。

移転はしたが、店内の様子はあの日の記憶のままであった。

同じ設《しつら》えにしたのであろう。

それだけで、お春の気持ちは随分と楽になっていた。

帳場には誰もいない。

このまま引き返したい気持ちに襲われたが、勇気を振り絞って、

「申し、作兵衛さんはおいででございましょうか……」

と、声をかけてみた。

目黒に行ってからも、実家よりもこの質屋が気になって、人伝《ひとづ》てに様子を聞いていた。

本所へ移ったことも、主人が作兵衛という名であることも、きちんと把握はしていたのだ。

「はい、ご用を承ります……」

するとと、奥から一人の老人が出てきた。

髪は真っ白になり、顔には深い皺《しわ》が目立つが、間違いない。あの日、お春に質札と百文を手渡してくれた作兵衛である。

「あ、あの……」

お春は声にならず、ぽろぽろと涙を流した。

作兵衛は、満面に笑みを浮かべると、

「もしや、銀煙管を請け出しに？」

お春の顔をつくづくと見た。

「は、はい……」

お春は、恥入るように質札と百文を上がり框に置いた。

あの時は世間知らずの娘で何もわかっていなかったが、質をとる時は置き主と請人二人の判が必要であり、失せ物などを引き受けることは法に触れるので、まっとうな質屋なら決してしないものだと後で知った。

作兵衛は、お春の様子を見て、何かわけがあるのだろうと、咄嗟に俄拵《にわかごしら》えの質札を手渡し、あれこれ理屈をつけて、気がすむようにしてくれたのだ。

考えれば考えるほど、何と迷惑な話を持ちかけてしまったのであろうと、恥入るばかりであった。それでも再び訪ねる勇気はなかった。

馬鹿な娘が思いつめて、おかしなことをしてしまったのだろう――。

きっと質屋の主人は、そのように笑っていてくれるに違いない。

お春はそのように思い直して、やがて分別のある老舗仏具店の内儀となった。

あれから三十数年。その間にお春に身に付いた人としての品格が、作兵衛には見てとれた。

「あの折は、本当に申し訳ございませんでした。改めてまた、お詫びに参りますので、今日のところは、何卒《なにとぞ》お見逃しくださいまし……」

お春は込みあげる想いを抑えて、作兵衛に深々と頭を下げた。

「ははは、そんなに畏《かしこ》まることがあるもんですか。これはわたしとあなたの遊びのようなものでございますよ」

作兵衛はからからと笑った。

「互いに達者でようございましたねえ……」

「はい。何よりでございます。もしお訪ねして会えなかったら、どうしようかと思っておりました……」

「順番でいうと、わたしが死んでいてもおかしくはなかったわけですからねえ」

「今もこちらのご主人で？」

「はい。これで心おきなく隠居ができますよ」

「畏れ入ります」

苦笑いのお春に悪戯っぽい表情を向けて、

「少々お待ちを……」

作兵衛は一旦奥へ入ると、すぐに手拭いに包んだ銀煙管を持って出てきて、お春の前に置いて広げてみせた。

菊模様を散らした銀延べの煙管。正しくあの日拾った喜久之助のものだ。

一旦収まったお春の胸の鼓動が、再び高まった。

「これで間違いございませんね」

「はい。確かに。夢のような心地にございます」

「それではすぐに、喜久之助さんにお渡しください」

「はい……。え？」

お春は目を丸くした。

「稲毛屋さんとは古い付合いがありましてねえ。この煙管を見た途端に、これが喜久之助さんのものだとわかりましたよ」

作兵衛は、感慨深げに言った。

「お春さん……、ですよねえ。あなたがこれを質に入れてやろうとした理由も、すぐに察しがつきました。まあそれで、わたしも色々悩んだのですが……」

あの日、お春にはずっと流さずに置いておきますと言ったものの、やはり愛用の煙管であるから、持ち主に早く返してあげた方がよいと思い直し、〝稲毛屋〟を訪ね、喜久之助に、

「店の裏手でこれを拾ったのですがね……」

そっと差し出したのだが、

「作兵衛さんが拾ったわけじゃあありませんよねえ」

喜久之助は、思いの外鋭く切り返してきた。

作兵衛は余計なことを言ったと悔やんだ。

何も言わずにそっと提灯屋のどこかに置いてくれればよかったのだ。

詰めが甘いのはお春も同じで、何かに憑《つ》かれたように質屋へ駆け込んだのだが、その姿を〝稲毛屋〟の小僧に見られていた。

喜久之助は、それを耳にして、ぴんときた。

お春と話していた後、煙管がなくなった。

その煙管を作兵衛が持っていた。

悪戯好きなところがあったお春である。何か企んだに違いないと思ったのだ。

「いや、それがねえ……」

作兵衛は、お春の質入れの一件を、喜久之助にもお春にも傷が付かぬように、言葉を選びながらゆっくりと話した。

お春が目黒へ嫁いで三日後のことであった。

「では、喜久之助さんは、わたしが煙管を質屋へ持ち込んだことを、知っていたのですか？」

作兵衛から話を聞いて、お春は赤面した。

〝菊屋〟で落雁をつまみながら話した時、喜久之助はそんな様子を噯《おくび》にも出さなかった。

しかし、彼はそれをすべて知った上で、お春がこの後どういう動きをするか、楽しみにしていたのに違いない。

「喜久之助さんはその時、怒ったでしょう」

「いえ、大笑いしましたよ。お春ちゃんらしいってねえ」

お春の悪戯に自分も乗ろうではないかと言って、喜久之助はその煙管を、

「質入れしたままにしてくださいな」

と、頼んだそうな。

それゆえ、この本所に移った〝恵比寿屋〟に、喜久之助の銀煙管は保管されていたのである。

「喜久さん……」

お春を嫁に望めなかったことを、喜久之助は申し訳ないと思っていた。そんな自分に腹を立てていたお春の気持ちが、質屋の一件で明らかになり、それが嬉しかったのだ。

そして、三十数年の間、彼は煙管が質入れされている事実を、淡い恋の思い出として心に刻んだのだ。

「喜久さんは、お春さんを嫁にしたいと思っていたようですが、あの頃は稲毛屋さんも、商いにつまずいていたのですよ」

大口の客が商いにしくじり、納めた品の代金の支払いをしてもらえず、相当な苦労があったそうな。

だが、〝法念堂〟には泣きつきたくなかった。当時は〝法念堂〟も商いが芳しくなく、人を助けられる状態ではなかった。

お春と喜久之助に持ち上がった縁談は、それぞれ同業の老舗と縁組をすることで、店の存続を図ったという一面があったようだ。

〝法念堂〟は、ぎりぎりのところで踏み止まっていたが、〝稲毛屋〟は時に家財を質に入れて仕入れの金を調達した。

それで、恵比寿屋作兵衛とは顔見知りであったのだ。

兄・吉左衛門は、喜久之助にお春を嫁がせてやりたかったが、両店の事情を思えばそういうわけにもいかなかった。

それゆえ〝真光堂〟との縁談が持ち上がった時は、沈黙を貫いた。

喜久之助は、お春を諦めるしかなかった。

「つまるところ、わたし一人が子供のまま、嫁いでいったのですね」

お春は銀煙管を握りしめて、しばし心地よく泣くと、

「ありがとうございました……」

やがてきっぱりとした口調で作兵衛に礼を言って、ひとまず店を出たのである。

表には、ニヤリと笑うお夏がいた。

表から何もかも聞いて知っていたのだ。

「お夏さん、付合ってくれてありがとう」

お春は照れ笑いを浮かべた。

「その煙管が、新たな縁を繋いでくれたねえ。稲毛屋の旦那も、今日はさぞかし煙草がうまいだろうよ。ああ、あたしは疲れちまったよ……」

お夏は、やれやれという顔となって、さっさと歩き出した。

九

「それで、女将さんはそのまま目黒へ戻ってきたんですかい？」

「あんなところに長居は無用だよ。まったく馬鹿馬鹿しいったらありゃあしないよ」

「団子汁を拵えに行ったってところですねえ」

「まったくだよ」

「お春さんと稲毛屋の旦那は、この先どうなるんでしょうねえ」

「爺さんと婆ァさんが、今さらどうなるものでもないだろう」

「でも、互いに独り身ですからねえ。一緒になるまでもねえが、浅草と目黒を行ったり来たりはできますよ」

「まあね。廻り廻って、好いた同士が、茶飲み仲間になったら好い、そう言ってやったよ」

「好いことじゃあねえですか」

「好いことかねえ。ちょいとばかり気持ちが悪いよ」

目黒の居酒屋に戻ったお夏は、清次相手にしばしぼやいていた。

店では、親戚筋の小父さんを見舞うためにさと帰りするのだと言っていたが、何のことはない。娘の頃の淡い恋に決着をつけたかったのだ。

その付添いをさせられるとは、随分と懐かれたものであるが、

「まあ、これも日頃のご愛顧へのお礼ということにしておくよ」

そう思わないとやっていられないと、お夏は何度も溜息をついた。

「お嬢もどうです？」

清次は昔の呼び名で言った。

「どうです、て？」

「気が向いた時に、ちょいと寄りかかれる相手を拵えたら」

「ははは、よしとくれよ」

お夏は一笑に付したが、このまま女の恋情を内に秘めたまま死んでいくのも癪な気がした。

お春は決まりが悪かったのであろう。

それから数日は、居酒屋に寄りつかなかった。

そのうちほとぼりが冷めた頃を見計らって、

「お夏さん、この前はありがとう！」

などと、少女のようなあどけない笑みを浮かべて、縄暖簾を潜《くぐ》るのであろう。

だが、お夏が目黒へ帰った三日後に、〝真光堂〟の主で、お春の息子の徳之助がお夏を訪ねてきて、

「先日は、うちの母がお世話になって申し訳ございませんでした。すぐにお礼に行くようにと言ったのですが、帰ってから少し熱を出して寝込んでおりまして、ひとまずわたしが参った次第にございます」

丁重に礼を言うと、菓子折を置いて帰っていった。

「ふん、そりゃあ熱も出るだろうよ」

仮病に決まっているさと、菓子折を広げてみると、〝菊屋〟の菊落雁であった。

「清さん、とんだ提灯持ちをさせられちまったよ」

お夏はひとつ口に放り込むと、その甘さに舌鼓を打ちつつ、仏頂面で言った。

第三話　もみじの宴

一

娘の頃の淡い恋に決着をつけた、仏具店〝真光堂〟の後家・お春であった。

少しばかり恥ずかしい私事に、居酒屋のお夏を付合わせてしまったことが、どうにも決まりが悪いのであろう。

居酒屋に、菊落雁を届けさせた後、仮病を決め込んでいたのだが、

「そろそろ来る頃だろうから、顔を見たら思い切りからかってやるよ。あの色ぼけ婆ァさんをさあ」

お夏は菓子でごまかされて堪るかと、手ぐすね引いて待っていたのだが、お春が登場する前に、

「また面倒なのがやって来たよ……」

と、お夏をしかめっ面にさせる父娘が、居酒屋に飛び込んできた。

父娘は、御用聞き牛町《うしまち》の仁吉《にきち》の乾分・谷山《たにやま》の小助《こすけ》と、おくまである。

小助は、女房のお辰《たつ》が長徳寺近くで営んでいる傘屋を住まいとして、近頃は目黒で売り出し中である。

以前は仕事熱心ではあるが、それが空回りして人望がなかった。それが、思いもかけず再会した娘・おくまによって好転した。

おくまは、小助に愛想を尽かした前妻・お美津《みつ》に連れられ、父親と離れ離れになり、お美津の死後ぐれて目黒に流れてきた。

父親が目黒にいると知らされていなかったので、互いに驚いたのだが、父娘の絆を取り戻しながら、二人で目黒界隈を騒がせていた色魔を捕え、世間の評判となった。

これには、お夏が陰で一役買っていた。

その甲斐もあり、今はおくまとお辰の折合いもよく、親子三人で仲よく傘屋で暮らしている。

色魔捕縛の一件以来、おくまはどこか頼りな気な父に、あれこれ智恵を貸して、小助が務めるお上の御用を支えている。

「おいおい、おくま、女だてらに捕物に首を突っ込むんじゃあねえや」

小助は人前では、そう言っておくまを窘《たしな》めたりするものの、おくまはなかなかに物ごとへの推理が鋭く、傍に置いておくと頼りになる。

「ここはひとつおれの顔を立ててくれよな」

「そんなことはわかっているよ。あたしが邪魔ならよしにするけどね」

「いや、頼りにしているぜ」

「そんならつべこべ言うんじゃあないよ」

「わかったよ」

などと傘屋で言い合いをして、お辰を笑わせていた。

一時は、いかがわしい料理屋の酌婦をしていたおくまも、傘屋を手伝いながら、今では御用聞きとして認められるようになった小助の下っ引きを務めることが楽しくて仕方がないらしい。

何よりも親の愛情を肌身に覚える安心が、彼女を生き生きとさせているようだ。

それはともかく――。

父娘が居酒屋に飛び込んできたのは、凶悪な事件が出来《しゅつらい》し、その聞き込みのためであった。

以前は居酒屋の女将と一筋縄ではいかぬ常連達に気後れして、ここへは滅多に顔を出さなかった小助であるが、

「やっぱりこの店に来ると、何か手がかりが摑めるんだなあ……」

と、今では何か調べものがある時は、必ずやって来る。

「よおッ！　おくま姐《ねえ》さん、何か起こったのかい？」

まずおくまが飛び込むと、客達も盛り上がり、聞き込みがし易い。

「それがさあ、大変なんだよ……」

おくまが眉をひそめると、続いて小助が飛び込んできて、

「古着屋の杉蔵《すぎぞう》が殺されたんだよう」

血なまぐさい話を引き受ける。

近頃父娘は、こういうところの呼吸《いき》が合っている。

「それでさ。おさきって娘が行方《ゆくえ》知れずになっているのさ」

おくまが続けた。

店には、不動の龍五郎を始めとする、いつもの常連達が揃っていて、一斉に顔をしかめた。

「そいつはまた、痛ましい話だねえ」

龍五郎が盃を置いて嘆息した。

杉蔵は、下目黒町《しもめぐろまち》で古着屋を営んでいた。おさきは十七で、店を手伝っていたのだが、縹緻《きりよう》もよく気立ての好い娘で通っていた。

杉蔵は、お夏の居酒屋には何度か来たことがあったが、一杯やるというよりは、日の高いうちに飯を食べて、さっさと帰っていくのが常であった。

商売熱心ではあるが、それほど人付合いが好いわけではない。

ゆえあって女房と別れ、これまで男手ひとつでおさきを育て、娘の成長を楽しみに生きてきた、そんな男であったと皆は聞き及んでいた。

「ああ、まったく痛ましい話なんだよ……」

小助の話では、岩屋弁天で知られる蟠龍寺《ばんりゆうじ》裏手の雑木林で、杉蔵が腹から血を流して死んでいるのを夕方になって近在の百姓が見つけたという。

すぐに娘のおさきに知らせんとしたが、おさきは家にいない。

杉蔵が出かけた後、すぐに父親のあとを追うように出たまま戻っていないようだと、近隣の者達は言う。

「それで、娘を見かけたって人はいねえんですかい？」

清次が問うた。

「ああ、今、方々当っているんだが、まだ手がかりはねえんだよ」

「巻き込まれていなけりゃあ、好いですねえ」

心やさしき清次は、そこが気になるらしい。

「懐に巾着は残っていたし、物盗りに遭った様子でもないんだよ」

そこからおくまの推理が始まった。

「でも、着物は乱れていたし、落ち葉が絡み付いていたから、誰かと揉み合ううちに、刺されたような……」

それをおさきが見てしまい、攫《さら》われたのかもしれないと言うのだ。

「だが、見られたのなら、その場で娘も殺してしまわねえかい？」

口入屋の番頭の政吉が首を傾げた。

「そりゃあ、政さん、さすがに女は殺したくなかったんじゃあないかい」

おくまが応えた。

「だが、攫ったとしたら、随分目立つぜ。攫ったところで足手まといになるだけだろうしなあ」

「そうなんだよ」

小助が相槌を打った。

「おれはこう思うんだ。おさきは逃げた。下手人はそれを追いかけた。それで人気《ひとけ》のねえところで捕まえて、殺した」

「だがお父《と》っさん。どこにも娘の骸は見当らないじゃあないか」

「捕まえたところが川の近くで、そこへ沈めたか、落ち枝とかを上からかぶせて、窪地に埋めたとか……」

なるほど、それなら早晩娘の亡骸《なきがら》は見つかるだろう。

いずれにせよ、逃げたのならばどこかで助けを求めて家に戻っているだろうから、おさきは十中八九殺されているのだろうと、一同は頷いた。

「あたしは、死んだとは思いたくないけどねえ……」

おくまは哀しそうに言った。

女御用聞きを気取ってみても、まだ十八の大人になりきれていない娘である。そこは非情なものの考え方が出来ない、いや、したくないのであろう。

そんなおくまゆえに、居酒屋の常連達からも人気を博しているのだが、

「あたしもそう思いたいねえ。娘の骸が見つかるまでは」

お夏の一言に龍五郎も同意して、

「そうだ。婆ァの言う通りだ。谷山の親分、気がついたことがあれば、すぐにお知らせいたしやしょう」

一同も、しかつめらしく頷いたのだ。

すると、店の隅でゆったりと飲んでいた、町医者の吉野《よしの》安頓《あんとん》が、

「男手ひとつで娘を育て、おさきの幸せをひたすら願っていた……、古着屋のおやじはそういう男らしいな」

ふっと、杉蔵の人物評を語った。

「あっしもそう聞きましたぜ」

「娘のために生きているようなお人だと」

「そんな人が、気の毒にねえ」

　客達は口々に言ったが、

「ふふふ、男手ひとつで娘を育て慈しむ……、そう聞くと、それだけで好い人になってしまうようじゃな」

　安頓は笑った。

　そう言われてみればそうだ。本当のところはどういう男だったのか、杉蔵をよく知らないだけに、勝手に思い込んでいたのかもしれない。

「なるほど、先生の言う通りだ。娘を大事に育てていたと聞いただけで好い人に思えてしまう、か……」

　龍五郎は苦笑した。

「親分、古着屋を恨んでいる者がいたんですかい」

「そいつは今、取り調べ中なんだがね。古着屋は陰で金貸しをしていたと、聞いておりやすよ」

「金貸しを？　そいつは気になりやすねえ」

「まあ、それも娘を育てるための方便《ほうべん》だったんでしょうが、金のことで人から恨みを買うことは十分にある」

「お父っさんと、その辺りを聞き込んでみようと思っているんだけど、どちらさんも、ちょいとばかり気にかけておいておくんなさいまし」

おくまが締め括って、父娘はいそいそと居酒屋を出ていった。

確かに大変な事件であるし、父娘がお夏の居酒屋は情報の宝庫だと、何かというと訪ねてくるのはわかるが、

「お上の御用だとはいえ、あんまり聞きたくもない一件だねえ」

お夏は煙管を取り出しながら、溜息交じりに言った。

お春婆ァさんをからかってやろうと待ち構えていたら、目明かし父娘が飛び込んできた。

どうせこの先あれこれ頼ってくるのに違いない。

口うるさいくそ婆ァの仮面を被《かぶ》り、そっと人助けに生きようと思ったが、

――一所に長くいると、気苦労もまた増えてくるもんだ。

なかなか思うに任せぬのが人生だと思いつつ、この頃は苦笑いが絶えぬお夏であった。

二

「ご一同さんにお話ししてしまった上は、きっちりとあれからの流れをお伝えしておかないといけないと思いましてね」

おくまは翌日も、探索の進み具合を知らせに居酒屋へやって来た。

知らせることで、何よりもお夏の意見を聞きたいのであろう。

それがわかるだけに、お夏にとってはやれやれというところだが、面白尽くにしろ、お上の御用を父・小助と共に担っているのだ。

うら若き娘の生死にかかわることでもあるゆえ、面倒でも聞いてやらねばなるまい。

客達とのやり取りを、聞くとはなしに聞いていると、

「やっぱり古着屋の小父さんは、このところ貸したお金のことで、揉めていたそうなんだよ……」

で、あるそうな。

「やはりそうかい」

「娘の行方はまだわからないのかい」

客達にとっては何よりの酒の肴になる話である。

黙々と立ち働くお夏と清次を尻目に、身を乗り出した。

「それがねえ。娘の方は何の手がかりもなしってところさ」

杉蔵が殺されていた周辺の人気のないところを当ってみたが、おさきの骸は見つからなかった。

「そうかい。てえことは、まだ死んだとは言えねえや」

「やきもきするじゃあねえか」

「金で揉めていた奴が、何か知っているかもしれねえ」

「で、揉めていた相手ってえのは？」

「ここだけの話にしておくれよ」

おくまが声を潜めると、

「外では言わねえよ」

客達は一斉に身を竦めてみせた。

「〃もみじ〃の小父さんだよ」

「〃もみじ〃？　ああ、あの百獣屋《ももんじ》の……」

口入屋の政吉が腕組みをした。

百獣屋というのは、猪《いのしし》や鹿の肉を扱う店のことである。

猪の肉は〃山鯨《やまくじら》〃〃牡丹《ぼたん》〃などと呼ばれ、鹿の肉は〃紅葉《もみじ》〃と呼ばれる。

「紅葉ふみ分け鳴く鹿の」

という歌からきているそうだが、〃もみじ〃と看板を掲げているだけあって、このもみじ鍋は美味いと定評がある。

主人は弁次《べんじ》という四十過ぎの男だ。なかなかの荒くれで、女房子供もなく、若い衆を一人使って店を切り盛りしている。

「なるほど、あのおやじが金を借りていたってわけか」

「そういやあ、博奕好きだって聞いたことがあったぜ」

「博奕の負けが込んで金を借りて、返せ、待ってくれ、で揉めたあげく……」

「ぶすりッ、ってわけかい」

荒くれは荒くれを知る。

常連達は噂をし合った。

「その辺りはよくわからないんだけどね。古着屋と百獣屋が言い争っているところを見たって人が何人もいるんだよ」

「ああ、ますます怪しいねえ」

米搗きの乙次郎が唸《うな》った。

「昨夜、吉野先生が言っていただろう……」

お夏が口を挟んだ。

一同は首を傾げた。

その場に、吉野安頓はいなかったが、

「確かにそうだな。そういう思い込みはいけねえや」

不動の龍五郎が、ふっと笑った。

昨日、安頓は、

「男手ひとつで娘を育て慈しむ……、そう聞くと、それだけで好い人になってしまうようじゃな」

と、古着屋杉蔵について語った。

それと同じことで、

「日頃包丁を扱っている男が、気が荒くて博奕好き、女房子供もいない。おまけに人から金を借りて、貸してくれた相手と言い争っている……。となれば、もうそれだけで人殺しにされてしまうわけだねえ」

お夏は、そう言うのである。

近頃は牡丹や紅葉などを食べる者も増えてきた。お夏も以前から猪鍋は好物で、店の合間に何度か〝もみじ〟には清次と二人で食べに行っていた。

鹿肉は食べたことがなく、居酒屋の女将と料理人がそれでは恥ずかしいと、三度目に行った時、

「今日は好いのが入っているよ」

と弁次に勧められて食べてみたが、猪とはまた違った味わいがあって美味かった。

弁次は目黒に来てから、まだ一年ほどなのだが、お夏と清次の噂は聞き及んでいて、

「居酒屋で出すなら、好い肉が入った時に分けてあげるよ」

と、言ってくれた。

「いやいや、肉を分けてもらったって、ここのような味は出せませんよう」

清次は頭を振り、

「うちの客が食べたいと言ったら、ここへ食べにこさせますよ」

お夏も笑顔で応えたものだ。

それ以来、道で会えば言葉も交わすし、

「二人で試しに食べてくんない」

肉の切身を届けてくれたこともあった。

お夏の居酒屋の常連達も、〝もみじ〟には時折食べに行っている。

強面《こわもて》だが別段客に偉そうにするわけでもなく、味は上々と評判であった。

それでも、月に一度行くか行かないかくらいでは、気心が知れるわけもない。

弁次はもっぱら調理場にいて、料理に専念しているから、強面の印象だけが残るのだ。

「へへへ、確かに手前《てめえ》のことを棚に上げて、こいつは恥ずかしい話だな」

龍五郎が頭を掻くと、客達はこれに倣った。

「小母さんの言う通りだね……」

おくまも身を縮ませた。

「といっても、疑われても仕方がない話だ。〝もみじ〟のおやじさんは?」

お夏は、おくまににこやかな目を向けた。

「濱名《はまな》の旦那が、ひとまず番屋へ連れていって、お取り調べをしていなさいますよ」

谷山の小助も、付き従っているという。

南町奉行所同心・濱名又七郎《またしちろう》が取り調べるとなれば間違いはなかろう。

こうなるとおもしろいもので、客達は弁次が獄門台に送られることがないようにと祈り始めている。

何よりもまず、又七郎の取り調べがどうなったかを知りたかったが、この居酒屋の魔力というべきか。

客達がひとしきり酒を飲んで盛り上がり始めた頃に、濱名又七郎が小助を伴い、居酒屋にやって来た。

三

その場が、〝もみじ〟の弁次の取り調べについての報告会になったのは言うまでもない。

実の叔父で、養父となって又七郎に同心を継がせた茂十郎《しげじゅうろう》は、

「何か困ったことがあったら、行人坂上の居酒屋へ顔を出せば好いさ」

と、常々又七郎に言っている。

又七郎は、おくまを予め居酒屋へ行かせておいて事件のあらましをお夏達に伝えてから、今日の取り調べについて語りたかったようだ。

少しでも智恵が欲しい。

それだけ、又七郎にとっては悩ましい一件であるといえよう。

「弁次がいきり立って杉蔵に詰め寄っているのを、何度も見た、〝もみじ〟の近くに住む者達が口を揃えてそう言うので、弁次を取り調べたわけだが……」

初めから又七郎は、弁次の仕業とは思っていなかったという。

又七郎とて、町の荒くれと言われている男には日頃から目を付けている。

取り締まるためだけではなく、荒くれの連中は犯罪に対してのものの見方が人と違い、参考になるからだ。

又七郎が見たところ、弁次は気が荒く怒りっぽい男だが、博奕好きでも己が生業は疎かにはしない。借金をしてまでのめり込んだりはしないし、道理の通らぬことで人に絡んだり、怒ったりしない。

「まあつまり、この居酒屋に集まってくる皆と同じだ」

「へい、そいつはどうも……」

龍五郎が常連肝煎として頭を下げた。

誉められているような、叱られているような……。

又七郎の言葉は温かかった。

「杉蔵と何を揉めていたのか問い質したら、やはり借金のことではあったよ」

小助が弁次を訪ねて、杉蔵が殺された上に、娘のおさきが行方知れずになっていると伝えると、

「え？　古着屋が？　頭にくる野郎だったが、そいつは気の毒だったねえ」

弁次は、ぽかんとした表情を浮かべて目を伏せた。

その様子に、何かを隠している風情はまったくなかった。そして、

「あ、いけねえ……。このところ何度か奴と言い争いをしていたよ……。谷山の親

分はそれであっしを、しょっ引きに来なさったんですかい？」

困った表情を浮かべたものだ。

「しょっ引きに来たわけじゃあねえよ。杉蔵との間に何があったか。濱名の旦那がそれを聞きてえって仰《おお》せなのさ」

小助が穏やかに告げると、

「へい、そんならどこへでも参りやすよ。あっしには、これっぽっちもやましいことなんかありやせんからねえ」

弁次は店を仙四郎《せんしろう》という若い衆に任せて、

「杉蔵からは金を借りていたが、きれえに返しておりやすぜ」

証文などを懐に入れて、番屋へと出向いたものだ。

そうして又七郎があれこれ訊ねると、神妙な顔をして、いちいちはっきりと応えた。

まず、杉蔵が殺されたと思《おぼ》しき時分に、弁次は猪の肉を店の外で捌《さば》いていた。

魚屋と違って、江戸ではあまり見かけぬ光景なので、珍しそうに眺めながら通り過ぎた者がいたはずだ。訊いてもらいたいと言う。

既に小助や、又七郎の手の者がその辺りは調べてあった。確かに弁次を見た者は何人もいた。

弁次が持参した証文を検《あらた》めると、どれもそれほど高額なものではなかった。

百獣屋は、肉の仕入れが落ち着かず、店を続けていくのは大変である。

弁次は目黒に来てからは日も浅く、時には仕入れの金に困ることもあった。

すると、古着屋の杉蔵が、

「困っている時はお互いさまですよ。少しくらいならわたしが用立てましょう」

などと、親切そうな顔で言ってきた。

一両にも充たぬ額であったので、商売の繋ぎのために借りてみると、

「これがなかなか便利なので、何度か借りて、きっちりと返していたんでさあ。ところが後で証文を確かめてみると、初めに決めた利息と違っているとわかりましてね……」

弁次は算盤《そろばん》に疎く、丼勘定《どんぶりかんじょう》で暮らしているゆえ、証文に記された額をよく数えもせずに払ってきたが、読んでみると、利息がいつの間にか増えていた。

それを指摘すると、空惚けた上に、

「困っているところを助けてあげたのに、文句を言われる覚えはありませんよう」

などと開き直ったので、元より気の荒い弁次は怒って、

「やかましいやい！　こっちは言われた通り利息も払って、きっちりと返しているんだ。それを何て言い草だ。手前《てめえ》、肉切り包丁で切り刻んでやろうか！」

ついそんな台詞を吐いてしまったのだ。

「殴りつけてやりたかったが、まあ、確かに奴が金を貸してくれたお蔭で、急場がしのげたのも確かだ。だから手荒な真似はしませんでしたがね。あっしもそれから頭にきたんでさあ」

貸し借りが済んでからも、姿を見かけると頭にきて、言い争いになったと、弁次は言った。

「まあ、あっしもこんな男でございますからねえ。疑われても仕方ございませんや」

弁次は又七郎の前では殊勝に反省もした。

百獣屋を始めてから、三度店を替えたのは、その土地土地で、短気が原因でちょっとした揉めごとを起こしたからだ。

「ここでは、できるだけ大人しくしていようと思ったんですがねえ……」

なかなか性分は変わらないと、終始身を縮めていたという。

弁次が持参した証文から見ても、杉蔵との間の金の貸し借りは終っている。何度も言い争っていた理由は、弁次の言う通りであろう。

実直そうに見えるが、杉蔵はその実なかなかに癖のある男であったようだ。

杉蔵もまた、目黒へ来てから二年足らずで、それほど町に馴染んでいないので、人となりが知れていなかったのだ。

それゆえ、弁次と杉蔵が言い争っているのを見かけると、どうしても強面の弁次の方が絡んでいるように見えてしまう。

そんなことは百も承知のはずなのに、ついむきになってしまう弁次であったが、そういう男だけにわかり易く、かえって親しみも持てるというものだ。

「とどのつまり、弁次が杉蔵を殺ったとは思えねえ。話を聞いて帰してやったよ」

と、又七郎は話した。

お夏と清次は、弁次とは何度か言葉も交わしているし、それなりに人となりもわかっていたので、ひとまず話を聞いてほっとした。

龍五郎を始め、店の常連達も、自分達と同類である弁次がお咎《とが》めなしと聞くと、気持ちが落ち着いた。

小助の話では、弁次はすっかりと大人しくなって、黙って商売に身を入れているらしい。

「仙四郎が、帰ってきた弁次を見て、涙ながらに喜んでいたよ」

と、小助は店に弁次が戻った時の様子を伝えた。

「仙四郎か……」

「あいつは本当に好い奴ですよ」

口入屋の若い衆、千吉《せんきち》と長助《ちょうすけ》は相槌を打った。

仙四郎は二十歳《はたち》になったばかりの若者で、歳が近い二人とは気が合うらしい。

早くに二親と逸れ、奉公をしていたそば屋も、主人の放蕩《ほうとう》が因で潰れてしまい、まだ元服前というのに路頭に迷った。

自棄《やけ》になってよからぬ連中とつるみ始めたところを、弁次が拾ってくれた。

弁次もまだ〝もみじ〟を始めたばかりで、とても人を雇うほどの甲斐性もなかったが、

「お前を見ていると昔のおれを思い出すよ。おれは自棄になってぐれちまったが、そのせいでここまでくるのに随分と時がかかっちまった。まあ、おれのところにいたって、苦労は変わらねえが、ぐれるよりはましだ……」

そう言って、よからぬ連中の許から連れ出してくれたそうな。

その時は、破落戸《ならずもの》二人を叩き伏せて、地に這わせたというから、近頃は弁次も丸くなったといえようが、以後、仙四郎は弁次を親と慕い、目黒にも付いて来たのだ。

「千吉、長助！　お前らそんな話は一言もしなかったじゃあねえか」

兄貴分の政吉が叱りつけた。

「いや、余計な口は挟んじゃあいけねえかと思いやして……」

「どうもすみません……」

千吉と長助は身を縮めた。

「こんな話をするのに遠慮はいらねえんだよ」

一同は、弁次を大いに見直した。

では、いったい誰が杉蔵を殺したのであろう。

居酒屋に居合わせた者達は、一斉に又七郎を見たが、

「おれには、さっぱりわからねえや」

と、又七郎は嘆息した。

「何よりもわからねえのは、おさきの行方だ。親分はどう見る？」

親分と言われて小助は畏まって、

「あっしはやはり、殺されているんじゃあねえかと……」

探索の範囲をさらに広げて探ってみれば、どこかにおさきの骸が見つかるのではないかと、小助は言った。

又七郎は、ひとつ頷くと、

「おくまはどう思う？」

次に、おくまに問うた。

勝気で遠慮のない娘だが、このような場で訊ねられると、さすがに畏まってしまう。

「あたしの推測なんて……」

「いや、言ってくれ。今は居酒屋で一杯やりながら、何か頭の中に浮かばねえかと考えている最中だ。座興だと思ってくれ」

客達は身を乗り出した。おくまの推理が楽しみなのだ。

それと共に、そんな座興が行われる、この居酒屋は大したものだと、そこに居合わせている自分が、何とも誇らしかった。

「あたしは、やっぱりまだ死んじゃあいないと思いとうございます」

「ならば、娘の身に何が起こったと？」

「古着屋の小父さんが殺されるのを見てしまい恐くなって、その場から逃げたんじゃあありませんかねえ」

「逃げて、どこかへ隠れているというのか？」

「はい。誰かに言ったら、きっと殺す、と脅されて」

「その場は何とか逃げおおせたが、下手に戻れば命を狙われると思って、出てこれねえか」

「下手人は、顔を隠していたかもしれません」

「なるほど、それゆえ誰かわからねえ……。家に戻れば、あれこれ役人に問われる。となれば、きっと下手人は口封じに来るだろう……」

「相手には仲間がいるかもしれませんからねえ。恐くなるのも無理はありません」

「相手の正体に薄々気が付いていて、そいつがまた、とんでもねえ野郎なのかもしれねえな」

「お役人は二六時中、身を守ってくれない。誰かを頼れば、そこに迷惑がかかる。だから、しばらく隠れて様子を見ようと思っているのかもしれません」

又七郎は、ひとつ唸ると、

「おくま、お前は大したもんだな。ははは、また智恵を貸してくんな」

その後は、事件について何も語らず酒を楽しんだが、帰り際に思い入れを込めて、お夏を見た。

「女将、お前はどう思う？」

と、その目が問うている。

「どうもありがとうございます」

お夏は又七郎を送り出すと、

「どこかに隠れて、様子を見ている……。あたしもそんな気がしますねえ」

と、囁《ささや》いた。

春とはいえ夜は冷える。父親を失い、おさきはこの寒空の下、どこにいることやら。

お夏の体の内に、言いようのない怒りが込みあげていた。

四

その翌日。

古着屋父娘の一件は、大きな動きを見せた。

聞き込みを続けるうちに、杉蔵が殺された雑木林の近くで、走り去るおさきらしき娘の姿を見たという百姓夫婦が現れたのだ。

あれこれ照らし合わせると、杉蔵が外出をしてから、殺されているのが見つかる間のことで、おさきは杉蔵が出かけた後、すぐに父親を追って出かけたのが明らかになった。

百姓夫婦は、血相を変えて走り去る娘の姿に不審を覚えて、しばし立ち止まって欅《けやき》の大樹の陰から眺めていると、格子縞の着物を着た二十歳くらいの若者が、後を追うように駆け抜けていくのが見えたというのだ。

夫婦は、娘に振られた若いのが、

「ちょっと待ってくれよ……」

とばかりに追いかけているところだろうと、

「若いってえのは好いもんだ」

呑気に構えて立ち去ったのだが、後になって近くで男が殺され、その娘が行方知れずになっていると噂に聞いて、気になった。

そこで村役人を通して、それについて申し出たのだ。

又七郎は、手先を使って心当りを探った。谷山の小助、おくま父娘も、方々で聞き込みにあたったのだが、百姓夫婦が見かけた若い衆の特徴が、〝もみじ〟で弁次の下で働いている、仙四郎にぴたりと符合した。

そこで、小助が夫婦を連れ出し、念のために仙四郎の面体をそっと検めさせたところ、

「あの人に間違いありません」

と、二人揃って応えた。

すると、又七郎の手先の者が、こりとり川（目黒川）の岸辺で、小振りの包丁を

見つけた。

又七郎は、弁次と面識のない小者にこれを持たせて、

「店の裏手でこれを見つけたんだが、ひょっとして、お前さんの包丁じゃあねえんですかい？」

と、素知らぬ顔で弁次に訊ねさせた。

すると弁次は、

「ああ、こいつはかっちけねえ。うっかりどこかへやっちまったかと思っていたら、そうでしたかい。裏手に落ちていましたかい。おかしなこともあるもんだなあ」

と、それが店の包丁だと認めた。

さらに、杉蔵が殺されたと思しき時分に、仙四郎が店を出ていたことがわかった。

〝もみじ〟は、太鼓橋の東側の川辺にあり、仙四郎は目黒不動の方へと、小走りで向かったという。

又七郎は、こうなると放っておけずに、

「弁次、お前んところの仙四郎をちょいと預からせてもらうぜ」

と告げて、小者達に仙四郎の身柄を押さえさせた。

「だ、旦那、仙四郎がいってえ何をしたってえんです！」

弁次は、日頃から真面目に勤めてきた仙四郎が、役人に連れていかれるとは夢にも思わずうろたえた。

だが、杉蔵が殺害された日。

弁次がずっと店から離れなかったことは証明されていたものの、仙四郎は、

「へい。あっしはその日、夢見が悪かったもので、親方にお願《ねが》えしてお不動さんにお参りに行っておりやした……」

と言う。

弁次もそれは認めた。

「お前もたまには息抜きに遊んでくれば好いぜ」

と、行かせてやった。それで仙四郎は、いそいそと店を出て、二刻（約四時間）くらい門前の盛り場で遊んで、〝もみじ〟が忙しくなる日暮れの頃には、店に戻って仕事に励んだというのだ。

「そうかい。だが、お前には古着屋の杉蔵が殺害された一件について、色々訊きてえことがある。しばらく付合ってもらうぜ」

又七郎は、きっぱりと告げた。

「まさか……。そいつは何かの間違いだ。旦那、こいつがそんなことをできるはずがありやせん」

自分に疑いがかかったなら、それも仕方がないと思えるが、仙四郎にかかるとは信じ難いことであった。

仙四郎は、うろたえるわけでもなく、どこか覚悟していたような落ち着きをみせていたが、

「あっしは、人を殺しちゃあ、おりやせん」

殺しについては否定して、

「おやじさん、心配かけてすみません。ちょいと行って参りやす……」

深々と頭を下げると、表茅場町《おもてかやばちょう》の大番屋《おおばんや》へ連れていかれたのである。

五

お夏の居酒屋でも衝撃が走った。

「仙四郎が人殺しを？」

「まさか、そんなことがあるはずはねえや」

口入屋の千吉と長助は嘆息した。

濱名又七郎は、どうなってしまったのだと、話を聞いて憤りさえ覚えた。

「旦那には旦那の考えがあるんだよ。片がつくまでは、じっと見守るしかねえだろう」

政吉は二人を窘めた。仙四郎を下手人と決め付けず、自ら出向いて、あくまで話を聞く形にしているのは、ありがた過ぎる温情である。

「だが、どうもすっきりとしねえなあ」

客達は苛々を募らせた。

お夏の居酒屋は、常連達がその気になれば、いくらでも人の情報は手に入る。

何よりも気になったのは、古着屋の杉蔵についての評判であった。

弁次との諍《いさか》いについては、弁次の人となりが知れた今、

「あれは、古着屋の方がいけなかったんじゃあねえのかい」

という想いが強くなる。

暗黙の内に皆が調べて居酒屋へ持ち寄ることになる。

口入屋、町医者、駕籠屋、車力……。

人の噂を仕入れ易い者達が、常連を形成しているのだ。その気になれば、杉蔵がどんな男かすぐに知れる。

だが、居酒屋に集まって、あれこれ人の噂をするのは、女将のお夏が好まない。

誰かを誉《たた》め称えるのであればよいが、確とせぬ噂話で人をこき下ろすのは、

「みっともないからお止《よ》しよ」

と、きつい目を向けられるのだ。

だが、人の生き死にに関わるとなれば、話は別だ。

もしも、仙四郎が杉蔵を、持ち出した包丁で刺し殺したのであれば、きっとそれなりの理由があったのに違いない。

つまり、杉蔵が〝嫌な男〟でなければ、常連達は気がすまないのだ。

さすがに、お夏もこれにはめくじらをたてなかった。

彼女自身、おくまの連日の登場で多少なりとも騒ぎに巻き込まれている。

かくなる上は、杉蔵の人となりを確かめておきたかった。

その結果、杉蔵は弁次だけではなく、今まで何度も、貸金の取り立てで揉めていたと知れた。

吉野安頓が言ったように、男手ひとつで娘を育ててきた上に、おさきの縹緻がよいので、

「立派な男じゃあないか」

と思われていたが、陰へ回れば利息を勝手に変えてみたり、気に入らないことがあると、浪人者を雇って交渉に当らせたりと、阿漕な金貸しの一面を持っていたのだ。

娘を育てるためとはいえ、闇で金貸しをするような男である。そもそもが誉められたものではないのだ。

「だが、〝もみじ〟の小父さんは、借りた金をきっちりと返していたのだろう？　きつい取り立てを受けていたならともかく、仙四郎が杉蔵を殺す理由がよくわからねえなあ」

不動の龍五郎は、そこが解せないと言った。

仙四郎は、弁次を親と慕っていた。

弁次を守るためや、弁次の屈辱を晴らすために、恨みを抱いた杉蔵を殺してやろうと思ったのであれば頷ける。

しかし、弁次が杉蔵に追い込まれていた様子はまったくなかった。

きっちりと金を返した上で、

「気に入らねえ野郎だぜ」

と、彼の方が食ってかかっていたのが本当のところだ。

弁次は、仙四郎に杉蔵についての不満を漏らしてはいただろうが、仙四郎と二人で杉蔵を襲ってやろうなどとは思っていなかったはずだ。

「たとえばどこかで杉蔵が、仙四郎を偶然見かけて、絡んだのかもしれねえな」

と、龍五郎が推理した。

杉蔵は弁次と仲違《なかたが》いをしていたので、〝坊主憎けりゃ袈裟《けさ》まで憎い〟の喩えの如《ごと》く、ちょっかいをかけた。

「だが、仙四郎はそれに乗るような男じゃあねえでしょう」

政吉が首を傾げる。

「手前《てめえ》のことは何と言われようが好いが、親と慕う弁次を虚仮《こけ》にされたら、わからねえぞ。まあ、お前はおれがけなされても、一緒になって笑うだろうがよう」

「そんなこたあ、ありませんよう」

政吉は、思い当る節があるのか一瞬顔を赤らめたが、すぐにまた真顔になって、

「なるほど。それで仙四郎もむきになって、たまたま持ち合わせていた包丁で刺してしまった……。殺すつもりはなかったが、揉み合ううちに気がつけばそうなっていたと？」

「ああ、それで人目につかねえように、まず頬被りをして顔を隠したところへ、娘がやって来た」

おさきは恐くなって逃げた。

仙四郎は追ったが、逃げられた。刃物を捨てようと川へ放り投げたが、深みに沈まなかった。

気が動顚《どうてん》していて、そんなことには想いも及ばず店に帰った。

すると弁次が怪しまれて取り調べを受けた。そう考えると、無事に戻ってきた時は涙ながらに喜んだのも領ける。

さすがは龍五郎の親方だ――。

一同は、なるほどそんなところではなかったのだろうかと納得したが、

「婆ァ、お前はどう思う？」

龍五郎は誰よりも、お夏の考えが気になるようだ。

「〝もみじ〟の若いのが殺ったとしたら、そんなところだろうねえ。やさしい男だからね。娘まで殺せなかったというのは、よくわかるよ」

お夏はぽつりと応えた。

「お前は、仙四郎が殺ったとは思っちゃあいねえのかい」

「そう願いたいねえ。いくら頬被りをしたって、娘も百獣屋の若いのだと気付くだろうよ。だったら隠れていないで、どこかへ訴え出れば好いじゃあないか」

「てえことはお前……」

龍五郎は口を噤《つぐ》んだ。

もし仙四郎が殺していて、おさきと遭遇したのなら、気が動顚し、弁次にも迷惑がかかると思った彼は、おさきを追いかけ、どこかで殺しているのではなかろうか。

それ以外に、おさきの失踪の原因は浮かばない。

つまり、あの仙四郎が父娘二人を殺しているとは思いたくないと、お夏は言って

いるのだ。

皆が考え込んでしまった時、おくまが店に顔を出した。

取り調べ中であるゆえ、濱名又七郎も谷山の小助も、お夏の居酒屋へは寄っていられない。

だが、杉蔵殺害、並びにおさき失踪の一件については、既に店にあれこれ協力を求めてきた。

放っておくわけにはいかないし、場合によっては智恵も借りたい。

こんな時、おくまの存在は真に便利なのだ。

何よりもおくまの登場を待っていたのは、常連達であった。

日頃は誰もがお夏の顔色を窺うのだが、今は濱名又七郎の手助けをしているのだという想いが強い。

「おくま姐さん、どんな具合だい？」

顔を見るや、口々に問いかけた。

おくまは、ちらりとお夏を見た。

そしてお夏がひとつ頷いてみせると、

「あたしもあんまり詳しくは聞かされていないんだけどね。仙四郎さんは、何を訊かれても、〝あっしは何も知りません〟そう応えるばかりで、何も話そうとしないそうなのよ」

憂え顔で言った。

目撃した者もいるし、凶器も見つかっている。

言葉を選んで、慎重に応えているのかもしれないが、

「うだうだ言っていると、そんなら体に訊いてやる、てことになるぜ……」

政吉が顔をしかめ、客達は相槌を打った。

この状況なら、役人は拷問にかけて白状させるはずだ。

そういうことには詳しい連中が、ここには集まっている。

「だが、本人がやっていないと言っているのなら信じてあげたいねえ」

お夏が言った。

清次が傍らから、

「古着屋の旦那を恨んでいた者が、他にいるかもしれねえや……」

と、続けた。

言われてみれば確かにそうだ。

揉めていたのは弁次だけではなかろう。

喧嘩が目立つ弁次を利用して、仙四郎に罪を着せた者がいるかもしれないではないか。

「うん、おれもそう信じるよ」

政吉が声をあげた。

「濱名の旦那のことだ。そこは仙四郎だと決めつけず、情をかけてくださるはずだ」

龍五郎が祈るように言った。

「ああ……、娘はどうなっちまったんだろうなあ。生きていてくれたら好いがよう」

おくまが思いつめたような顔をして、

「親が死んだのを幸いに、どこかへ逃げちまったのかもしれませんよ」

呟くように言った。

お夏のこめかみの膏薬がぴくりと動いた。

一同は、おくまを見つめた。

「そんな水くせえ真似をするかねえ」

「ちょいと阿漕な金貸しだったっていうが、手前《てめえ》を育ててくれた父親だぜ」

「しかも男手ひとつでよう」

たちまちそんな声があがったが、

「大事に育ててくれたからって、子が親を慕うとは限りませんよう」

おくまは溜息交じりに言った。

おくまの亡母・お美津は、意固地で気が強く、常磐津《ときわず》の師匠をしていたから、亭主に頼らずともよい。

それで、うだつの上がらぬ下っ引きの亭主・小助に愛想尽かしをして、おくまは自分が引き取って育てた。

大事に育ててくれたとはいえ、おくまは自分の父親を追い出し、

「今後一切、お父っさんのことを思い出すんじゃあないよ」

などと言って、どこか恩着せがましく、絶えず束縛してくるお美津に反発を覚えていた。

それゆえ、お美津が死んでしまった後は、母親の死を悲しむよりも、自由気儘《きまま》に暮らしてみたい気持ちが勝り、目黒へ流れてきたのである。

今は、いささか頼りなくとも、自分に情を注いでくれる父・小助との絆が日々深くなっているし、義母のお辰を、実の母以上に慕っている。

そういう事情を、居酒屋にいる皆はよくわかっている。

おさきが、杉蔵の情を甘受していたかどうかは疑わしいと、おくまに言われると、

「確かにそうだな……」

そう思えてくる。

杉蔵は、古着屋の手伝いをするおさきに、

「こんな仕事は放っておけば好いさ。お前はしっかりと習いごとでもしておけば、お父っさんが好い嫁ぎ先を見つけてやるよ」

常々そんな言葉をかけていたという。

おさきを好いところに嫁がせるために、古着屋より金貸しで稼ごうとしていたのであろう。

そういう愛情が、娘にとっては煩わしい場合もある。

杉蔵が、金貸しの方で稼げばそれだけ揉めごとも増えたはずだ。

おさきはそれを傍で見ているだけに、杉蔵の死後、あれこれ言い募ってくる者もいるのではないかと見越して、町から出てしまったのかもしれない――。

おくまからすると、そういうことの流れは十分に考えられるのだ。

だとすると、杉蔵が出かけてすぐに、おさきもまた後を追うように出かけたというのは、何ゆえであったのだろう。

杉蔵が揉めごとを抱えていて、胸騒ぎを覚えてそっと後から付いていってみれば、杉蔵は殺されていた。

こうなったら、自分も面倒に巻き込まれるのは嫌だと、そのまま町を出ようと走り去ったのではなかったか。

仙四郎は、血相を変えて走り去るおさきをたまさか見かけて、

「おい、何かあったのかい？」

と、追いかけて声をかけたのかもしれない。

杉蔵を殺した者は、その様子を見て、〝もみじ〟からそっと包丁を盗み出し、これに血をつけて、殺害現場の近くにわざと捨てたとは考えられないだろうか――。

おくまの推理は広がっていく。

「おくま姐さん……」

お夏がこの場を締め括るように、

「古着屋の父娘は、目黒に出てくる前、どんな暮らしをしていたのかねえ……」

と、訊ねた。

六

翌日。

おくまは谷山の小助と、千住大橋《せんじゅおおはし》の南、小塚原町《こづかはらまち》に来ていた。

古着屋の杉蔵は、以前、ここでおすまという女と所帯を持っていたと調べがついていた。

おすまは、おさきの実母であった。

杉蔵は、目黒に来てからは別れた女房の話は、ほとんどしなかったが、

「おさきの母親は、ろくでもない女でねえ。男を拵えて、どこかへ逃げてしまいま

したよ。わたしは、おさきが不憫でねえ……」

古着屋を開いている表長屋の大家には、そんな話をしていた。

おすまと別れてからは、この小塚原町には居辛くなったようで、その後、内藤新《ないとうしん》宿《じゅく》へ宿替えをし、さらに目黒に流れてきたのであった。

五年前の出来ごとで、人の記憶も曖昧になってはいたが、かつて杉蔵が商売をしていたところの住人達は、一様に杉蔵をよく思っていなかった。

小助が目黒の御用聞きで、杉蔵が何者かに殺されたと告げると、

「はあ、そうですか……」

さもありなんという顔をした。

口が達者なおくまが、父親の手伝いをしに付いてきたと明るく告げれば、

「お前さんは、父親に恵まれてよかったねえ……」

しみじみと応える。

「おすまという女房は、男を拵えて、町から出てしまったとか」

という問いには、

「よく言ったもんですよ」

誰もが呆れ顔をした。

杉蔵は疑り深く、偏狭な男で、

「何かというと女房を叱りつけて、責め立てるんですよ」

であったそうな。

近所の男やもめの職人が古着を求めた時に、おすまが職人に色目を使ったと怒り出した。

誰の目にも、怪しいところはなかったし、

「馬鹿野郎！　間男扱い傍ら痛《いて》えや！」

職人は激怒し、杉蔵を殴って町から出て行ってしまった。

杉蔵はそれが頭にきて、ますますおすまに辛く当り、

「ちょうど好い、あの職人のあとを追いかけて、他所で一緒になりゃあどうだ？」

と、毎日のように絡み始めた。

そのあげく、

「おれは、おさきが心配で仕方がねえや。おさきには色狂いのお前の血が、半分入っているからよう。よほど気をつけてやらねえとなあ」

と言い立てて、遂には追い出してしまったのだ。

おさきはまだ子供で、泣きながらそれを見ているしかなかった。

おすまは、おさきを連れて出たかったが、杉蔵がいきり立つと何をするかわからず、おさきの身を慮《おもんぱか》ったようだ。

杉蔵はおさきを溺愛《できあい》していたから、娘に手をあげたりはしない。

だがひとつ間違えば、かわいさ余って憎さ百倍となり、酷い仕打ちをするかもしれないのだ。

その後、おすまの行方は知れない。

だが、男を拵えて家を出て行ったというのは、杉蔵の作り話で、おすまとおさきが気の毒で仕方がないと、当時を知る者達は誰もが嘆いたものだ。

――そういうことだったのか。

小助とおくまは顔を見合った。

おさきが行方知れずで、生死も定かではないとは、さすがに言えず、

「これで少しは、おさきちゃんも楽になるというものですねえ」

安堵の表情を浮かべる住人達に、

「こいつは邪魔をしちまったねえ」

「助かりましたよ」

と、礼を言うと、町を後にしたのだ。

「おくま……」

「何だい、お父っさん……」

「やはり、おさきは杉蔵が殺されたのを目にして、何もかも嫌になって逃げ出したのかもしれねえな」

「ああ、もしかして、離れ離れになっているおっ母《か》さんを捜しに出たのかもしれないねえ」

「おくま……、お前、死んだお美津を恨んでいるかい？」

「おっ母さんをかい？　口うるさくて、ちょいと意地悪な女だったけどね。あたしを育ててくれたんだ。恨んだりしていないよ」

「そうかい。そいつはよかった。あの頃のおれの不甲斐なさが、お美津を嫌な女にしちまったんだ。恨まねえでやってくれ」

「わかっていますよう。あたしは付いているよ」

「何がだ？」

「お父っさんのやさしい血を半分もらってなかったら、なかなかに嫌な女になっていたかもしれない……」

「はははは、おれはやさしいんじゃあねえよ」

「そんなら、何なんだい？」

「気が小せえだけさ」

父娘はふっと笑い合った。

七

「早いとこ片を付けねえとな」

「このままじゃあ、仙四郎さんは死罪になっちまうね」

「濱名の旦那は、何を手ぬるいことをしているんだと、上からお叱りを受けているとか」

「何とかしないといけないねえ……」

その頃。

お夏の居酒屋は、中食《ちゅうじき》をとりに来る客達の流れが一段落して、清次と二人、ほっと一息ついていた。

とはいえ、お夏と清次は苛々が心の内から抜けないでいた。

昨日の夜は、店の終りがけに濱名又七郎の叔父で養父の、茂十郎がやって来て、

「又七郎も困っているよ。さっさと吐かせて土壇場に送っちまえば好いってところだが、あいつが言うには、仙四郎は何かを隠しているようなんだよ」

そんな気になる言葉を残していた。

自分は殺していないと言い続けてはいるが、杉蔵殺しについては何かを知っているような――。

又七郎はそこに引っかかりを覚えているのだ。

今度の一件は、調べれば調べるほどに、悪い奴は殺された杉蔵以外に現れない。

何ともおかしな出来ごとなのだ。

それだけに、大番屋に勾留《こうりゅう》したことを悔やんでさえいるらしい。

茂十郎は又七郎に定町廻り《じょうまちまわ》同心を継がすまでは、敏腕の同心として町奉行の覚え

もめでたかった。

隠居をしてからは剣術三昧に暮らし、奉行の家中の者達の剣術指南も務めている。

又七郎の上役が何と言おうと、甥《おい》の思うように裁かせてやるだけの力を秘めているから、

「悲しむ者がいない決着」

を誰よりも望んでいて、彼もまた苛々としているのであった。

お夏と清次が、やきもきするのも当然であろう。

そんなぴりぴりとしたところに、ひょっこりと現れたのが、仏具店〝真光堂〟の後家・お春であった。

「お夏さん、先だっては色々とありがとう」

いつも変わらぬ、少女のように華やいだ声で入って来たお春を見て、

「誰よりも会いたくないのが来てしまったよ……」

お夏はしかめっ面をした。

「そんなことを言わないでよ。お蔭で楽しかったわ」

「そりゃあ、あんたは楽しかったでしょうよ」

「ご機嫌が悪いようね」

「あんたね。今は婆ァさんの色ぼけ話を聞いている場合じゃあないんだってことくらい、わかるだろう」

「ああ、古着屋のご主人が殺されて、娘さんも行方知れずになっているっていうんでしょう」

「そうだよう。それで、〝もみじ〟って店の若いのが、取り調べを受けているんだけど、皆、すっきりしないんだよ」

「〝もみじ〟……。あの店のもみじ鍋、おいしいのよねえ」

「とっとと帰っておくれ。もみじ鍋はどうだっていいんだよう」

「仙四郎って若い人は、古着屋の娘さんを殺したりはしていませんよ」

「どうしてそう思うのさ」

「だってねえ、あの若い二人、思い合っていたんでしょう?」

「何だって……」

お夏と清次は顔を見合った。

「思い合っていたって……、惚れ合っていたってことかい？」

「そうよ」

「どうしてあんたが、そんなことを知っているんだい？」

「どうしてって、見ればわかるわよ」

お春は、二、三度、おさきと仙四郎がすれ違うところを見かけていた。

その時、二人は知らぬ顔をしているのだが、一瞬目と目を合わせて恥じらいを浮かべているように、お春は思えた。

杉蔵が陰で金貸しをしていて、弁次と揉めていたことなどはまったく知らないお春だが、若い二人の恋路を、一目で見抜く不思議な眼力を、この後家は備えているのである。

「あれは、好いた同士が、自分達だけが送る目と目の合図だわよ。わたしにはわかるのよねえ……」

お春はうっとりとして言った。

お夏は怒りをにじませながら、

「そういう話をどうしてもっと早くしなかったんだよ！」

「え？　もう皆知っていると思っていたわ。そうじゃないの？　わたしは古着屋さんとか、百獣屋さんとかよく話したことがないから、何が何やらわからなくて……」

「でも、若い二人が恋をしている……。そいつを見抜いていたってえんだね」

「まあ、そんなところね」

「大したもんだよ、あんたの色ぼけぶりは」

「色ぼけなんて言わないでよ。わたしはもっときれいなものを見つけているんだから。いくつになっても、人を思う気持ちは、きれいなものよ……。ちょっと、お夏さん……、どこへ行くの？」

お夏は、ぴんとくるものがあった。

お節介は陰で焼くのが信条ではあるが、この時ばかりは自ずと足が動いていた。

目指すは太鼓橋の東方〝もみじ〟であった。

気が荒く、ちょっとやそっとで挫《くじ》けない弁次も、仙四郎が取り調べのために連れて行かれると、さすがに気が塞いでしまって、店も閉めたままで、酒ばかり飲んでいると聞いていた。

「ちょいとごめんよ」

お夏が訪ねると、

「今日はやってねえよ……」

弁次は無精髭《ぶしょうひげ》に覆われた顔で、むっつりとして昼間から茶碗酒をしていたが、構わず中へ入ってきたお夏を見ると、

「何だい、あんたかい……」

少し嬉しそうな顔をした。

この小母さんなら余計なことを言わず、さらりと話し相手になってくれるのではないか――。

強情な男も、寂しい時があるのだ。誰かに構ってもらいたい時もあるのだ。

だが、お夏はこのおやじの話し相手になってやるために来たのではない。

「あんたのところの若いのと、古着屋の娘は、思い合っていたのかい?」

いきなり問うた。

「え……?」

弁次はぽかんとした顔をした。

何をくだらねえ話をしやがると、怒鳴りつけるところだが、お夏が持つ迫力に、弁次は気圧された。

「何の話だよう」

「大事な話ですよう」

「仙四郎が、古着屋の娘に惚れていた?」

「あんたは気付かなかったかい」

「いや、おれはそんなことに無頓着だからよう……」

応えるうちに弁次は、お夏が何を言わんとしているのか、おぼろげにわかってきた。

「恋仲なら、仙四郎はおさきを殺しちゃあいねえよな」

「当り前ですよう。心当りはないのかい?」

「心当り……。そういやあ……」

「何だい?」

「古着屋が、お前んところの若いのが、うちの娘をいやらしい目で見ている。何とかしろ、とぬかしやがった」

だが、弁次はそんな話は何も仙四郎から聞いていなかった。

「やかましいやい、言いがかりはよしにしろい！　仙四郎が、お前みてえなろくでもない奴の娘に惚れるわけがねえだろう」

と言い返して揉めたことがあったと思い出した。

「やはりそんなことが……」

弁次はともかく、杉蔵にしてみれば、大事に育ててきた娘が、くだらない奴に惚れてしまっては困る。

日々、娘の監視を怠らない男であるから、娘が仙四郎と少し目を合わせただけでも気になる。

「あんな奴とは目も合わすなよ」

と、おさきに釘を刺しつつ、弁次に牽制の一言を入れたのであろう。

弁次はその場で怒鳴り返して、杉蔵を追い払い、そこはすっきりとしたので、いちいち仙四郎を呼んで、ことの真偽を確かめたりはしない。

――へへへ、言ってやったぜ。

という気分なので、杉蔵の文句そのものをすぐに忘れてしまう。

そもそも自分に従順な仙四郎が、弁次と犬猿の仲の杉蔵の娘に惚れるなどとは、思いもしなかったのだ。

もしや、杉蔵に弁次のことを腐されて、仙四郎はそれが頭にきて、たまたま懐にあった包丁で刺してしまったのかもしれないとは思っていた。

だが、罪のない娘を殺すような男ではないと言い切れるだけに、

「仙四郎は二人とも殺っちゃあいねえ。誰かにはめられたんだ」

と、言い立ててきた弁次であった。

「仙四郎が、おさきに惚れていたのなら、ちょいと話が変わってくるかもしれねえな……」

弁次は、お夏の問いかけの意味がわかってきた。

「弁次さん、ここで一人で飲んでいたって埒《らち》が明かないよ。ひとまずうちの店で飲みなよ。そのうち八丁堀の旦那も立ち寄るかもしれないからさ」

「そうだな。そいつはありがてえ」

お夏は弁次を連れて、居酒屋へとって返した。

すると、そこには小塚原町から戻ったおくまがいて、そわそわとしていた。

八

その日の夕方。

大番屋で取り調べを受けていた仙四郎は、この数日考えに考え抜いたのであろう。

「二人共、あっしが殺しました……」

と、濱名又七郎に告げた。

杉蔵と道端で出会って、雑木林に連れ込まれ、

「おい、帰ったらこの前の借金の利息がまだ残っているとあの馬鹿に伝えろ」

ありもしない借金の返済を催促された上に、

「お前も大変だなあ、あんなくだらねえ男に使われてよう」

と、罵られた。

それで頭に血が上り、懐にあった包丁で杉蔵を刺し、娘のおさきにはそれを見られたので追いかけて殺し、骸は川へ投げ込んだ。

そのように白状したのである。

又七郎はそれを聞いて、

「手前《てめえ》、おれを虚仮にしやがるか！」

いきなり怒鳴りつけた。

仙四郎は、驚いた表情で又七郎を見た。

「お前には、本当のことを話せと言ったはずだ」

「あっしは、その……」

「本当のことを話しても信じちゃあくれねえ。お前はそんな風に諦めて、うそを言やぁがるんだな。それがおれを虚仮にしているってことなんだよう」

仙四郎は言葉を失った。

図星を突かれたからだ。

「おさきは今どこにいる？　お前が、しばらく隠れていろと、勧めたんだな。だがお前はぷっつりと姿を見せなくなった。このままじゃあ、娘は世をはかなんで、何をするかしれたもんじゃあねえぜ」

仙四郎は、目を見開いた後、がっくりとうなだれてしまった。

「旦那……」

「お前が言えねえのなら、おれが代わりに言ってやる。お前は、おさきと惚れ合っていたんだな」

仙四郎は、神妙に頷いた。

「若え男と女のことだ。馴初めをわざわざ問う気もねえや。とにかくお前とおさきは、人目を忍ぶ仲になった。だが、いつまでも杉蔵の目はごまかせねえ。おさきはお前に、どこかへ連れて逃げてくれと言ったか？」

「へい。仲の好い父娘に見えても、その実、おさきは父親を憎んでおりやした……」

「そうだろうな。父親が娘自慢をして、習いごとなどさせていりゃあ、世間は仲の好い父娘だと勝手に思い込んじまう。だが、おさきは、母親のおすまを追い出した杉蔵が、ずうっと許せなかった。だから、お前と二人で逃げてやろう、何よりもそれが、杉蔵への意趣返しになると思ったんだな。だがお前は、恩ある弁次を裏切ることができねえ……」

思案するうちに、杉蔵が二人の仲に気付き始めた。

弁次に文句を言ったが、一笑に付された上に、怒鳴りちらされた。

それで、一旦は気のせいかと思ったが、やはり怪しいと思って、二人がそっと会っているところを遂に見つけた。

その日は、おさきを厳しく叱りつけ、弁次と揉めると面倒なので、仙四郎を捉まえて、蟠龍寺裏手の雑木林へ呼び出した。

「そういうことだろう」

又七郎に見つめられると、仙四郎は嘘をつけなかった。

「へい。仰る通りで……」

「そん時、包丁を懐に入れて行ったのは、どういう料簡だったんだ」

「杉蔵さんが恐かったからでございます」

「行ったら殺されるんじゃあねえかと思ったか」

「へい。その時は……。包丁で脅してやろうと……」

「弁次には黙っていたのか」

「言えば、騒ぎが大きくなると思いましたし、うちのおやじさんは、杉蔵さんを嫌っていましたから、そこの娘に惚れたとは、言えませんでした」

「それで、包丁を懐に忍ばせて行ったら、おさきも杉蔵の様子が気になって、そっとあとをついてきていたんだな」

「へい……」

「杉蔵がお前を罵って、二度と娘に近付くんじゃあねえやと迫ったところで、おさきが割って入ったのかい」

「へい……。お父っさんの言いなりにはならねえと、あっしのいる前で食ってかかったんでございます」

「なるほど。母親と引き離されて、今度は惚れた男との仲を裂かれるのは、我慢ならねえ……」

杉蔵が激しく仙四郎に詰め寄るところへ現れたおさきは、

「おっ母さんの次は、仙さんをわたしから取りあげようというの？」

いきなり父親を詰った。

「おさき……。お前、何を言うんだよう」

杉蔵は、戸惑ってしどろもどろになった。

まさか、大事に育ててきた娘に、ここへきて責められるとは、思ってもみなかったのだ。

「あの時はまだ子供で、わたしには何が何やらわからないままに、おっ母さんは、お父っさんに追い出されてしまって……。どうすることもできなかった……」

「おすまはろくな女じゃあなかったんだぞ。あいつは男を拵えて逃げたんだ」

「みんな、お父っさんのでっちあげよ。お父っさん、わたしをかわいいと思うなら、仙さんと一緒にさせて！」

「馬鹿を言うな！　お前はおれの大事な娘だ、こんな奴にやれるか！」

「そんならわたしは、家を出るから」

「おさき……」

己が偏愛が娘の心を傷つけ、娘は自分を憎んでいた。

だが、杉蔵はそれが信じられなかった。信じたくなかった。

困惑は言い知れぬ怒りに変わり、

「うちの娘をそそのかしやがって……」

その矛先は仙四郎に向かった。

「そそのかしたんじゃあねえや。おれ達は心底惚れ合っているんだ。お前こそ、おさきを手前《てめえ》の飼い猫みてえにするのはよしにしろい！」

仙四郎の怒りも爆発した。

「それで、杉蔵は逆上して、お前に襲いかかったかい」

「へい。恐ろしい力で摑みかかってきて、馬乗りになって、首を絞めてきやした……」

「お前はそん時に、懐の包丁を落しちまった。それを見た杉蔵は、ますます逆上して、首を絞める手に力を入れた。このままではお前が殺されちまうと、おさきは夢中で包丁を拾って、それで杉蔵を刺した……」

又七郎は言葉に力を込めたが、ここで仙四郎は口を噤んだ。

それを認めれば、おさきは親殺しの罪となる。

「いや、刺したんじゃあねえ、お前を守ろうとして突き出したら、暴れたはずみで杉蔵の腹に刺さっちまった。そうだろう、そうだな!」

ここぞと又七郎は迫った。

「いや、それは……」

仙四郎は口ごもった。

実際は、おさきがすっかりと取り乱し、杉蔵に包丁を突き立てたのだ。

少しくらい刺されても、人間はそう容易《たやす》く死んでしまうものではない。

だが、不運は重なり、包丁は見事に杉蔵の腹に突き立ってしまった。

「真実を言え！　それなら事故だ。だが信じてもらえねえ。それゆえお前は、娘を隠した。杉蔵に恨みを持つ者が、父娘共々殺したと思わせて、折を見ておさきを逃がし、後で落ち合うつもりだった。そうであろう」

又七郎は、仙四郎を睨みつけた。

仙四郎は、祈るような顔で又七郎を見た。

自分の首を絞めた杉蔵をおさきが包丁で刺した。それが真実だ。

だがそれを言えば、おさきが杉蔵殺しの下手人となる。

何もかも打ち明けて、お上の情けに縋《すが》るには、あまりにも状況が悪過ぎた。

若い二人は咄嗟の判断に苦しみ、おさきが隠れることにした。

だが、思った以上にお上の探索は早かった。

投げ捨てたはずの包丁も見つかり、二人が逃げる姿を人に見られていた。

仙四郎が大番屋に留め置かれてからは、おさきも心細い日々を過ごしているであろう。

そっと届けた食べ物も底を突いているはずだ。

かくなる上は、自分が杉蔵とおさきを殺したと認める方がよい。

おさきは死んだとなれば、この先生き延びることも出来よう。

だが、同心・濱名又七郎は、おさきが杉蔵を刺したのは事故であったと言う。

事故であったということにしてやろうと、おさきの悲しい過去にまで遡って考えてやると言うのであろうか。

うっかりと口にすれば、おさきの命にかかわる。

じっと目を見ると、

「おれを信じろ。悪いようにはしない」

又七郎は無言のうちに語りかけている。

仙四郎は、涙を流しながら、深々と頭を垂れて、

「何もかも旦那の仰る通りでございます。これはみなあっしの浅智恵でございます。お手を煩わせて、申し訳ございません。どうか、おさきの命だけは、許してやってくださいまし……」

と、絞り出すように言った。

九

杉蔵殺害の一件は落着をみた。

おさきは、中目黒《なかめぐろ》村の外れにある百姓地の出作り小屋に潜んでいるところを、無事保護された。

おさきを興奮させないようにと、まずおくまが小屋を覗き、事情を話して落ち着かせた後、谷山の小助達、又七郎の手の者が大番屋へと連行したのだ。

偽りを言い、お上の手を煩わしたことは不届きではあるが、状況が状況だけに、

「お上にも情けはある」

と、又七郎はあれこれと吟味方与力に手を廻し、仙四郎については、咎人《とがびと》ではなく、

「ちと訊ねておきたいことがございまして、二、三日、手許に置いて問うております」

そのような扱いで取り調べを進めた。

又七郎には、初めから仙四郎が殺したとは思えず、慎重に解決を図ろうとしたのが功を奏した。

杉蔵が〝事故死〟する様子を、一部始終見ていたが、関わり合いになるのが嫌で、これまで黙っていたという浮浪者も見つかり、又七郎はあくまでも事故であったと通してしまった。

もっとも、浮浪者の存在は、念のために又七郎が拵えた証言者ではなかったのかと思われたが、

「こんなこともあるんだなあ……」

と、又七郎は嘯《うそぶ》いていた。

とはいえ、仙四郎とおさきは、このままお咎めなしともいくまい。

〝江戸十里四方追放〟として、後は二人でよろしくやれというのが、又七郎の考えである。

「まあ、そんなことより、まず一杯飲ませてくれよ……」

一通りの段取りをつけると、又七郎はお夏の居酒屋に、小助とおくまを伴ってやって来た。

「そうくると思いましてねえ。今日は、〝もみじ〟の小父さんが、ここで皆さんに、もみじ鍋を振舞ってくれるそうで」

清次が嬉しそうな顔をした。

「そうかい。そいつはありがてえ。仙四郎がいなくなりゃあ、あのおやじも困るだろうから、不動の親方、誰かあの頑固者が気に入るような若いのを、探してあげておくれ」

又七郎は、そんなところにまで気遣いをみせる。

「旦那……。すっかりと立派にお成りになりましたねえ」

お夏はしみじみと言った。

考えてみれば、又七郎はまだやっと二十歳になったくらいだったと思うのだが、上手に上役の目をかわしながら、情をもって血なまぐさい一件を解決するとは、まったくもって驚きであった。

龍五郎を始め、店の常連達は大いに唸った。

「いやいや、おくまが女将の智恵を借りるように、おれには濱名茂十郎という義父《おやじ》が付いているからねえ。ただそれだけのことさ」

なるほど、又七郎の動きは、陰で茂十郎が指示したのであろう。

それにしても、

「だが、憎んでいたとはいえ、父親を目の前で死なせてしまったんだ。おさきが哀れで仕方がねえよ」

と、嘆息する又七郎の心根は、教えられるものではない。

まったくその通りだと、一同が神妙な表情になった時、

「おやおや、お手柄の婆ァさんがきたよ……」

お夏が縄暖簾の向こうを指して言った。

〝真光堂〟の後家・お春が弾むような足取りでやって来るのが見える。

間もなく到着する弁次による、もみじ鍋を楽しみにしているのだ。

「正に鹿鳴《ろくめい》の宴《えん》ですな」

吉野安頓がぽつりと言った。

鹿は餌を見つけると、鳴いて仲間を呼んで集まって食べるそうな。

そこから、賓客をもてなす宴を〝鹿鳴の宴〟という。

由来を聞いて客達は、

「さすがは先生だ……」

と感心しつつ、心の内では鹿肉《もみじ》の登場を今か今かと待ち構えていた。

第四話　炊きの煙

一

まだ年が明けて間もない時のこと。

亀井《かめい》春之助《はるのすけ》は、学問所の帰りに久しぶりに大滝祥太郎《おおたきしょうたろう》に会った。

このところは、儒者である師・朝山西山《あさやませいざん》の供をする他は、西山が住まう白金八丁目の学問所と、父・礼三郎《れいさぶろう》と暮らす永峯《ながみね》町の長屋を行き来する日々であったので、

「春之助！　励んでいるようだな！」

友の元気な声を聞くと嬉しかった。

「祥太郎こそ、少し見ぬ間に何やら立派になったな」

二人は立ち止まって言葉を交わした。

「朝山先生が、たまには顔を出せと、申されているぞ」

「それはありがたい。大滝祥太郎が涙ながらに喜んでいたとお伝え願いたい」

「お伝えするが、学問所に顔を出すつもりはないのだろう？」

「まあ……、そのうちに……」

「来るつもりはないようだな。謝礼のことなら気にせずともよい、そうも申されていた。とにかく一度来たらどうだ？」

「うむ。行きたいのはやまやまなんだがな、行ったところで長く間が空いているから、講義についていけないよ」

「何も、みっちりと学びにこいとは言っていないよ」

「行ったとて、何もわからなければ甲斐がないではないか」

「そんなことはない」

「そうかい」

「ああ、学問所というところは、ただそこにいて息をしているだけで、学問の香りが楽しめるというものだ」

「なるほど、そういうものかもしれぬな。だが、今のおれには香りを楽しむ暇がない」

「う〜ん……」

「貧乏暇なしだよ」

「貧乏は、おれも同じだ」

「だが、その度合が違う。おまけにおれには、守ってやらねばならない者達がいるからな。学問の香りを楽しむなど、贅沢《ぜいたく》極まりないというわけさ」

「学問など贅沢か……」

春之助は苦笑した。

祥太郎とは同年で互いに十六歳。

二人共、貧乏浪人の息子であるが、父親が日々奮闘して方便を立ててくれたお蔭で、朝山西山の学問所に通うことが出来た。

入門が叶ったのは十三歳のほぼ同時期であった。

境遇も似ているし、冷静沈着で思慮深い春之助に対し、祥太郎は天真爛漫《らんまん》で腕っ節も強い。

二人は気が合い、互いに自分にないところを補い合いながら、友情を深めていったのだが、一昨年の冬に祥太郎は父親を失った。

その痛手から母親は体調を崩し、まだ幼い弟と妹を抱え、俄に一家の長となった祥太郎は困惑した。

それでも、祥太郎には前向きに生きていこうとする明るさと活力があった。

読み書き、算盤は学問所に入門するまでに、父からしっかりと学んでいた。

父・仁右衛門《にえもん》は、方々の店で書役を務め、品書きの代筆、看板書きの手伝い、傘張りなどあらゆる内職をこなし、一家を支えてくれた。

「これからは、それをおれが継ぐことにしたよ」

祥太郎は、そのように宣言すると、朝山西山の学問所を出た。

「謝礼など気にせずともよろしい。いつでも講義を受けにくればよい」

西山は、あくまで休学中として、祥太郎を扱ってくれたのだが、祥太郎は春之助だけには、

「人の道を説いたり、この国の成立ちを論じてみたり……。学問はおもしろいが、それで腹がふくれるわけでもなし、今のおれにはやはり贅沢だね」

富くじにでも当らない限り、学問所に顔を出すことはないだろうと、その折に笑

いながら伝えていた。

その後、春之助は学才を認められ、西山から内弟子の扱いを受けるようになった。西山の住まいには、身の回りの世話をしてくれる老僕がいるので通いでよいが、日々学問所に詰めて、師の書籍の編纂《へんさん》などを手伝い、書庫を整理し、客人に対応する。

西山が出教授に赴く折は、その供を仰せつかるようになった。それによって、学問所への謝礼も不要となり、時に食事の相伴に与り、幾ばくかの手当も得られるまでになっていた。

そういう噂は聞き及んでいたのであろう。貧乏の度合が違うと祥太郎に言われると、何やら切なかった。

そういう春之助の心中を、祥太郎はたちまち悟ったようで、

「春之助、心配は無用だよ。これで、おれも日々楽しく暮らしているんだ。あちらこちらと駆け廻っていると、そこで学べるものもある。母上をお助けして、弟と妹を育てるのも楽しい。お前が朝山先生の許で、めきめきと頭角を現していると聞けば嬉しくなる。今日も久しぶりに会えて楽しかったよ」

と、精悍《せいかん》な顔を綻ばせてみせた。

「おれも忙しさにかまけて、無沙汰《ぶさた》をしてしまったな」

「それはお互いさまだ。忙しいというのはありがたいではないか」

「うん、そうだな」

「そうは言っても忙中閑ありということもある。間合を見はからって、一杯やろうではないか。もうおれ達も大人だからな」

「ああ、そうしよう」

「あの、行人坂上のおっかない小母さんの居酒屋には行っているのか？」

「時折行っているよ」

「そうか。あの店が好いな。ならばそのうちにな。お父上によろしくお伝えしてくれ」

「ああ、お母上と弟、妹によろしくな……」

こうして二人は、再会を約して別れた。

――おれには大滝祥太郎という友がいたのだ。

春之助は、心の内でその想いを噛《か》みしめた。

西山の愛弟子《まなでし》として、一人だけ他の門人とは違う暮らしを送る春之助には、相弟子の中に親しい者はいなかった。

付合っている間もないのだが、

「自分達は、武士の嗜《たしな》みとして学問を修めているのだ。学者になるつもりもないのだ。まあしっかりと先生のお付きを務めてくれ」

弟子達はどこかやっかみを含んだような態度で春之助に接しているゆえ、親しみも湧かない。

春之助とて学者になるつもりで、朝山西山の門を叩いたわけではない。

ただ懸命に学んでいるうちに師に認められ、引き廻してくれるようになった。

貧乏浪人の息子である。それが己の生業に繋がれば何よりだと思ううちに、学者の見習いのようになっていたのだ。

この先、学者としての名声を得られれば、そこから仕官の道が拓けるかもしれない。

そうなってくれたらありがたいし、それが難しくとも学者として方便を立てていくことも出来るだろう。

貧しい者の多くは、思いもしなかった成り行きで、収まるところに収まっていくのではなかろうか。

大名、旗本、それに仕える武士達の一握りの者は親の跡を継げるが、他の者は厄介者となって暮らす他は、自分で道を求めるしかない。

そういう意味では、浪人の子である春之助が学者への道を歩めているのは、彼の努力の賜物《たまもの》ではあるが、幸運を摑んだともいえよう。

そして幸運を摑めた者が孤独であるのは仕方がない。

まず自分は学者になるつもりはないのだと嘯いて、

「あいつもよく励むものだな」

などと仲間と肩を並べて、春之助に冷めた目を向ける連中は、己が出来の悪さを認めたくないのであろう。

――だが、祥太郎は友だ。

と、心の底から思える。

その相手が、学問所の外にいるのは皮肉な話ではあるが、春之助にとってこれほど頼りになる者はいなかったのである。

二

その夜。

亀井春之助は、お夏の居酒屋で父・礼三郎と、ささやかな〝父子の宴〟を開いていた。

最前、大滝祥太郎と、

「行人坂上のおっかない小母さんの居酒屋」

で、そのうち一杯やろうと約したが、今日はこれから父と、お夏の居酒屋で小宴を催すのだとは話さなかった。

あれから祥太郎は、方々の内職を片付けて下目黒町の外れにある浪宅へ戻り、母、弟、妹のために炊《かし》きをするのであろう。

何を拵えるのかは知らないが、つましい膳であるのは窺える。

「一杯やろうではないか。もうおれ達も大人だからな」

などと言っていたが、祥太郎が酒を飲める日など、元日くらいのものなのであろう。

そう考えると、お夏の居酒屋でこれから父と一杯やるとは口に出せなかった。

そんな春之助の心中を知る由もなく、店へ入ると、不動の龍五郎を始め、店の常連達が、

「おお、若、今日はお父上と何かの祝いですかい？　こいつはまたよろしゅうございますねえ」

などと言って、父・亀井礼三郎がまだ店に来ていないのを幸いに、次々に傍へ寄って来た。

お夏は客達を呆れ顔で見て、

「何かの祝いかい？　皆もう知ってるんだろうよ」

と、叱るように言った。

客達は首を竦めてニヤリと笑う。

春之助はこの居酒屋では大の人気者である。

初めて春之助が居酒屋に現れたのは、彼がまだ十歳の折であった。

浪人である父・礼三郎と目黒に流れてきたのだが、父子は、生さぬ仲であった。

さる大名家に仕えていた礼三郎は、そこで御馬役を務めていた。ところがある日、主君の愛馬が死んでしまい、その責めを一身に負わされ、浪々の身となった。

そんな時に知り合い、暮らしを支えてくれたのが、おせいという酌婦で、一緒になったものの、その時既におせいは腹に春之助を宿していた。

それゆえ父子は生さぬ仲なのだが、やがておせいが、春之助を礼三郎に託したまま行方知れずとなっても、礼三郎は春之助を実の子以上に慈しみ、育ててきた。

ところが、目黒にやって来てから、おせいは剣術道場の主となった、春之助の実父・鷲尾《わしお》一馬《かずま》と縒《よ》りを戻し、息子を返してくれと迫ってきた。

鷲尾という男もとんでもない悪人で、この先の出世のためには、実の子さえいればよいと、邪魔になったおせいを抹殺したが、お夏に正体を見破られて闇に葬られた。

痴情のもつれで殺し合ったと処理されたおせいと鷲尾であったが、春之助はいかに生みの親が裕福で、自分を迎えに来ようが、育ての親の礼三郎から離れようとしなかった。

以来、礼三郎は何とか春之助を世に出してやろうと頑張ってきた。

頑張りは空回りとなり、そこから二年の間は何をやってもうまくいかなかった礼三郎であったが、周囲の人情に支えられ、臨時雇いの厩番指南《うまやばん》として南町奉行・筒井和泉守《つついいずみのかみ》の屋敷へ出入り出来るようになった。

それからは諸方から招かれて、馬の世話と指南をする仕事を得た。

馬そのものを飼うだけの余力がなくなった武家にとっては、臨時で雇える厩番は重宝して、その便利さが認められ始めたのである。

諸事不器用で思うにまかせない礼三郎も、馬が相手だと伸び伸びとして、仕事がはかどるらしい。

幼い頃から、生さぬ仲の父を助け、あらゆる内職をこなしてきた春之助も、礼三郎の仕事が回り始めたことで、学業に身を入れられるようになった。

そうして朝山西山の門人となり、ここまでやってこられた。

居酒屋に集う者達は、お夏が丼鉢にいっぱい飯を盛って、春之助に出してやっていた頃からの経緯をよくわかっている。

あどけない子供であった春之助も、十六歳のきりりとした若武者に成長し、

「おいおい、人の子供ってえのは、あっという間に大きくなっちまうな」

そんな会話を交わしながら、目を細めて見守ってきた。

お夏の居酒屋で食事をとる方が、父子二人にはかえって安あがりだと通っていた礼三郎と春之助も、近頃は二人共に忙しくなり、顔を見せることもめっきり少なくなった。

それでも、何かめでたいことがある時は、必ずこの店で祝うのは変わらない。

二人が来ると聞きつけると、常連達はいそいそとやって来て、父子の幸せを喜び、大騒ぎとなるのだ。

この日は、礼三郎にまたひとつ厩番指南の口がかかった祝いの席となった。

「父子がしみじみ祝うところに、割って入るんじゃあないよ」

お夏に窘められながらも、常連達は幸せのお裾分けをもらいに声をかけずにはいられなくなるのだ。

「まったく、手前の貧乏を棚にあげて、他人の祝いに来るとは、おめでたい連中だよ」

お夏は毒突きながらも、これまで常連達がどれほど父子に世話を焼いてきたのかをよくわかっている。

しかめっ面の目の奥には、ほのぼのとした笑みが浮かんでいた。

春之助も、祥太郎と再会してあれこれ感慨深かったが、今や親類のような存在となった常連達に声をかけられると、

「いやいや、皆変わりがないようで何よりでしたよ」

たちまち笑顔になり、一人一人に愛想よく応えていた。

祥太郎に会い、己が孤独に改めて気付かされた春之助であったが、

――忘れていた。自分には、こういう味方がいるのだ。

祥太郎という友達もいる。見守ってくれる人もいる。生さぬ仲であっても、実の親以上に慈しんでくれる養父がいる。

――何が寂しいというのだ。

居酒屋に入ると、胸の内を締めつけていた屈託がすぐに吹きとんでいたのだ。

やがて、礼三郎が、

「おお、春之助、もう来ていたのか」

と、満面の笑みで店にやって来た。

そこからは、しばし父子の宴が、水入らずで続いたが、ものの半刻ばかりで常連

達が割り込んできて、店は大いに賑わったのであった。

しかし、ひとしきり盛り上がると、春之助の脳裏に再び大滝祥太郎の姿が過り、

「父上……。今日は久しぶりに大滝祥太郎と会いました」

その話を持ち出さずにはいられなくなった。

「そうか、息災にしていたか」

礼三郎の表情も引き締まった。

祥太郎の亡父・仁右衛門は、〝内職の達人〟と呼ばれていた。

亀井父子は、不動の龍五郎から世話をしてもらった他に、

「ちと、手伝《てつど》うてくれませんかな」

時折は、仁右衛門の手伝いをして、急場を凌《しの》いだこともあった。

手伝ってくれなどと言ったが、

「武士は相身互《あいみたが》い」

という気持ちで、巧みに仕事を回してくれたのであろう。

その仁右衛門が亡くなり、息子の友人である祥太郎が、学問所を出たと聞いた時は悲しかった。

祥太郎が学問所を出ることなく、母、弟、妹を養っていける状況を、大人の自分が考えてやれなかったのか、それが未だに悔やまれてならなかったのだ。

とはいえ、自身も仕事探しに精一杯で、他へ手は回らなかったし、何よりも仁右衛門の跡を継いで内職を立派にこなす祥太郎を、助けられるほどの術はなかった。

「はい、相変わらず、祥太郎はたくましゅうございました」

春之助は溜息交じりに言った。

「左様か……。それは何よりだな」

礼三郎は、一通り今日の再会の様子を聞くと、大きく頷いてみせた。

「祥太郎のことを思うと、今のわたしは何と幸せでございましょう」

大滝父子に訪れた悲運、その後、亀井父子に訪れた幸運。

人の世の無情と自分の無力さを憂う春之助の心中が、礼三郎にはよくわかる。

また、そこへ想いが回る、春之助の人としての成長ぶりが嬉しかった。

「春之助、お前は確かに幸せかもしれぬが、それもみな、お前の精進の賜物なのだ。決して天から降ってきたものではない」

礼三郎は、労るように春之助に声をかけると、

「だが、親兄弟の世話に追われ、己が行く末を見失《みうしの》うてもらいたくはないな……」

祥太郎に想いを馳《は》せた。

父子の宴に割り込んで、賑やかに酒を楽しんでいた常連達であったが、父子が何やら込み入った話をし始めたので、そこは気遣いをみせて、巧みに間を取った。

——やはりここは好い店だ。

礼三郎は、皆に感謝しつつも、父子で覚える大滝祥太郎へのもやもやした想いを、この場でひとつ解消したくなっていた。

それには、世の中の様々な機微に触れてきた、常連達の意見を聞きたいところだ。

「親方は大滝殿父子を覚えているかな？」

礼三郎は、龍五郎に問いかけた。

「へい、覚えておりやすよ」

礼三郎が、内職を回してくれた礼に、一度、仁右衛門と祥太郎をこの店に招いたことがあった。

「亀井殿、ここは好い店でござるな」

仁右衛門は大いに喜んだが、大滝家には、祥太郎の母・久乃《ひさの》、弟・光次郎《みつじろう》、妹・亜紀《あき》がいる。

　一家五人の方便を立てるには、日々働き詰めに働かねばならないし、食事は一家でまとまってとらねば割に合わない。

「うちは五人ですからねえ。飯はまとまって食わねばならぬゆえ、なかなか来れませぬが……」

　と言って頭を掻いた。

　その時、お夏は常連達を見廻して、

「ここの連中は、女房子供を放ったらかして飲んでますけどねえ」

　とやり込め、仁右衛門を大いに笑わせたものだ。

「あの旦那は働き者でしたねえ。息子達を世に出すためなら、己が一生を内職に費やしても好いと、言っていなさったのを覚えておりやすよ。それが、お亡くなりになったとか……。とどのつまり、世に出そうとした祥太郎さんが、旦那の跡を継いで毎日内職に追われているとは、皮肉な話ですねえ」

　間をとっていても、龍五郎には父子の話が聞こえていた。

礼三郎の嘆きはよくわかると、すぐさま応えたのである。

「思いあがったことを言うようだが、祥太郎殿はよくできた男だ。今のままで終ってもらいとうはない。わたしに何かできることはないだろうかなあ」

「そうですねえ。旦那のお気持ちはよくわかりますが……。おい、婆ァ、何とか言えよ」

龍五郎は、困った時必ずお夏に話を振ってくる。

「あたしに訊くんじゃあないよう」

お夏はやれやれという顔をして、

「親兄弟のために、気が進まない内職に明け暮れるのも、立派な生き方ですよう。ここにいる連中は皆、食わんがために働いて、一杯やってうさを晴らすのが生き甲斐になった……。見る人が見れば、くだらねえ奴らだと思うかもしれませんが、そういう生き方もまた好いじゃあありませんか」

と、応えた。

一同はお夏の言葉に救いを覚えて、深く相槌を打ったが、

「何を言ってやがんでえ。亀井の若の友達を、ここの連中と一緒にするんじゃあね

えや。人には分ってものがあるんだ。手前達《てめえ》じゃあ手が届かねえところを、代わって触れてもらいてえ、そのために何かできることはねえかと、おれ達は考えねえといけねえ……。そうじゃあねえのかい」

龍五郎からそんな言葉が返ってくるのは、端《はな》からお見通しのお夏である。

常連達は、お夏の言葉で安心を得て、龍五郎の言葉で奮い立つのだ。

「てことで亀井の旦那、口入屋が考えてくれるそうですよ」

お夏はいつもの調子で、龍五郎を茶化すように言った。

「ああ、婆ァと違って、おれは心底考えているよ！」

そこで、吉野安頓がゆったりとした口調で、

「周りで考えても仕方があるまい。何より大事なのは、祥太郎殿本人に目指したいものがあるかどうかじゃ」

と、龍五郎を宥《なだ》めるように言った。

「その通りですね」

春之助が相槌を打った。

自分は学問所に通ううちに、いつしか目指すものが見えてきたが、今の祥太郎に

は忙しさのあまり何も見えないのに違いない。

「それを見つけてくれたら、世話の焼きようもあるというものなのですが……」

師の許で忙しく過ごす春之助であるが、友への想いは疎かには出来ない。

春之助の言葉には、強い意志が表れていた。

すると、いつしか店に濱名茂十郎が来ていて、

「大滝祥太郎……。春さんの友達だったのかい?」

と、腕組みをしながら声をあげた。

三

「先だって、坂村《さかむら》先生の稽古場の前を通りかかった折に、若い武士がそっと中を覗いている様子を見かけたんだ……」

坂村先生というのは、一刀流剣術指南の坂村信二郎《しんじろう》のことである。

お夏の居酒屋には、かつて毎日のように通っていたのだが、一時旅に出て江戸を離れた。そして二年前に目黒に戻ってきて、その後恋仲であった水茶屋の茶立女・

おのぶと晴れて夫婦となり、麻布三之橋西詰に剣術道場を開いていた。

定町廻り同心を養子の又七郎に継がせてからは、剣術三昧の暮らしを送っていた濱名茂十郎は、信二郎を応援し、何人もの弟子を送り込み、道場を盛り立てていた。

時には道場を訪れ、信二郎や門人達の稽古相手を務めたりもしている。

それゆえ、近くまで来た折は、必ず覗くようにしているのだが、昨年の暮れくらいから、坂村道場を覗き見る、若い浪人らしき男の姿を見かけるようになった。

といっても、向こうも茂十郎の姿を目敏《めざと》く見つけ、道場に近付いた時には立ち去っていて、その正体が摑めなかった。

「それが、やっと話すことができてな……」

というのが五日ほど前の昼下がりで、若い門人達が防具を着け立合っているのに興をそそられたのか、武者窓の外からそっと眺めている姿には、何やら気迫が籠っているような気がした。

茂十郎も、そっと若者の様子を窺い見てから、

「剣術は好きかい？」

明るく声をかけた。

若者は、茂十郎に気付かなかったことが不覚であったのか、

「いや、これは見ておいででしたか」

と苦笑いを浮かべた。それでも爽やかな様子で、

「はい。見ているのが好きでござりまする」

と応えて、小腰を折った。

「見ているのが好きか。おぬしは体付きもなかなかに引き締まっているし、よい面構えをしている。見てばかりではのうて、中へ入って竹刀《しない》を振ってみればどうだ?」

茂十郎がそう言うと、

「いえ、見ているだけで、もう十分稽古になります」

「なるほど、見取り稽古というものか」

「はい。見るだけなら金もかかりませんし、ここぞというところだけ見れば、もうよいのです」

「この稽古場の先生は、今留守にしているようだが、束脩《そくしゅう》や謝礼などは気にせずともよい、とにかく剣を揮いたければ来ればよい……。そういう御仁だ。何ならおれ

が引き合わせて進ぜよう」

「畏れ入ります。ありがたいお言葉ではございますが、それではわたしも肩身が狭《せも》うございますので、どうぞお許しを」

と、堂々たる口調で言う。

茂十郎は何やら楽しくなってきて、

「そうか、それなら無理には勧めぬが、見て学んだことは、立合《たちお》うてみねば確かめられぬと思うがのう」

と、笑みを浮かべて若者を見た。

「いえ、立合《たちお》うてみずとも、大凡《おおよそ》はわかります」

「ほう、いざとなった時は、相手を打ち倒せるというのだな」

「これは思いあがったことを申しました。先生と立合えば、為す術もなく打ち倒されてしまうのもよくわかっております」

「ははは、ますますおもしろい。ひとつだけ言っておこう」

「何でしょう」

「こんな話をしたからといって、もう稽古を見るのは止めよう、などと思うではないぞ。この後も遠慮のう、見取り稽古を続けてくれ」

「はい。ありがとうございます」

「おれは、濱名茂十郎という者だ」

「濱名先生……。その御名は聞き及んでおります」

「それは嬉しい。目と耳で稽古をしているおぬしは……?」

「わたしは、大滝祥太郎と申します。お声をかけていただきまして、恐悦に存じます」

「大滝祥太郎だな。ここの坂村先生にはそのうちにおぬしのことは伝えておくゆえ、遠慮のう稽古を見れば好い。また会おう……」

「はい!」

茂十郎はこうして、祥太郎と出会い、そして別れたのだという。

「それが、春さんの友達だったとはなあ……。ははは、世間は狭いな」

話を聞いて、思い入れをする茂十郎であった。

お夏はふっと笑って、

「周りがあれこれ言わなくても、祥太郎さんは楽しみを見つけていたってわけだね」

春之助を見た。

「そうか……、祥太郎は剣術を学びたかったのですね」

春之助は神妙に頷いた。

それゆえ、朝山西山の学問所を出るのも、それほど未練はなかったのだ。

そういえば祥太郎は、

「おれは春之助みたいに、学問に馴染めないよ」

と、よくこぼしていた。

本当のところは、武士の子として、学問よりも武芸を学びたかったのだが、

「今の世は、武芸などできずともよいのだ。浪人が身を立てるには、学問こそが大事なのだぞ」

亡父・仁右衛門は、いつも祥太郎にそう言っていたので、親が喜ぶ顔を見たくて、学問所に通い出したのだ。

ところが、仁右衛門が死んでしまうと、その学問所にも通っていられなくなり、内職に励んでいた父の真似をし始めたわけだが、祥太郎はずっと武芸を修めたかっ

たらしい。

春之助は祥太郎に、

「学問所というところは、ただそこにいて息をしているだけで、学問の香りが楽しめるというものだ」

などと言って、たまには学問所に来るように勧めたが、その間も祥太郎は、剣術道場の稽古をそっと窺うことで、彼なりに武芸の香りを楽しんできたのに違いない。

――それならそうと、せめて自分には打ち明けてくれたらよいものを。

祥太郎は、友人に気を遣わせぬようにと、そんなことは噯にも出さなかったのであろう。

それを思うと胸が痛んだ。

「窓から稽古をそっと覗いているだけでは、武芸は修められますまい。何とかしてやりとうございます」

春之助は茂十郎に訴えるように言った。

茂十郎は何度も頷いて、

「大滝祥太郎は、見たところ剣術の筋は悪くないように思える。真におもしろい奴だし、春さんの友達となれば、何とかしてやりたいものだな」

と、頭を捻《ひね》ったが、

「まあ、周りがそう意気込むことはありませんよ。稽古を見て学ぶというなら、とことんそうさせてあげれば好いんだ」

お夏が言った。

礼三郎は相槌を打った。

「女将の言う通りだな。下手に世話を焼けば、かえって頑《かたくな》になってしまうかもしれぬし、祥太郎殿にも考えがあろう。今は、お前の友にも好きなものがあるとわかっただけでもよかったではないか」

「亀井の旦那の言う通りだ。どこまで剣術が好きなのか、それをまず見届けてから、世話は焼いてさしあげねえとな」

龍五郎が、常連達に向けて言った。

春之助も、もっともだと感じ入って、

「濱名先生、祥太郎のこと、少し気にかけてやってくださりませ」

茂十郎に頭を下げたのである。

四

お夏の居酒屋で、自分のことが噂され、お節介な連中があれこれ話をしていることなど、当の大滝祥太郎は知る由もなく、同じ頃彼は浪宅で炊きの煙をあげていた。

この日は、帳付けを手伝った乾物屋からもらった干物が、貧しい膳を賑わせていた。

「祥太郎、わたしがしますから、休んでいなさい」

母の久乃はそう言って立ち働こうとするのだが、

「母上は、亜紀と一緒に、皿を整えてくだされぱよいのです」

祥太郎はそう言って、煮炊きをてきぱきと進めていく。

「そうですか……」

久乃は少し哀しそうな表情となるが、息子の言葉に従う。

元より気弱な母は、仁右衛門が亡くなってからは気うつを病み、以来体調を崩していた。

こんなことではいけないと奮起するのだが、自分が動くより祥太郎が動く方が、万事無駄がない。

つい、おろおろとしてしまうので邪魔になるし、十歳になる光次郎、八歳になる亜紀もしっかりとしてきて、祥太郎の仕事を手伝ってくれるので、つい甘えてしまうのだ。

密かに剣術修行への憧れを抱く祥太郎だが、自分が一家の大黒柱となり、親兄弟を楽にさせてやらねばならないと、使命を覚えていて、それが剣術への夢をしぼませる。

父が生きていた頃から、

「早く自分が大人になって、親兄弟を楽にしてあげよう」

その想いが強かった。

十六歳になった今、曲《まが》り形《なり》にもそれが出来ている。

祥太郎は、そういう自分に大きな満足を覚えているのである。

久乃は、息子の満足が子供じみたものであるとはわかっている。

あらゆる知識や術が身につく頃に、それをなおざりにして内職に励んでいて、我が子は一廉《ひとかど》の武士になれるのであろうか。

祥太郎は大滝家の嫡男なのだ。

――これでは御先祖さまに、申し訳が立たない。

そうは思っても、一家四人の暮らしは祥太郎に頼るしかない。

それは歴然とした事実なのだ。

久乃の気うつもまた増すのである。

祥太郎も、久乃の自分への想いはよくわかっている。

「まず大滝家と言いましても、わたしで三代続きの浪人暮らしですからねえ。御先祖さまももっとしっかりと見守ってもらいたいものです」

などと、冗談めかして話してみたり、

「光次郎はなかなかの器量を備えています。何とか光次郎を世に出して、わたしはそれにあやかろうと思っていますよ。亜紀も縹緻よしですから、大事に育ててやれば、高貴な御方から見初められるかもしれません。そうなれば大滝家も万々歳というところではありませんか」

どこまでも、弟と妹を育てていかんとする意志を、明るく伝えてきた。

そうしてこの日も、

「今日もこうして、皆でしっかりと夕餉をとれてよかったですねえ」

と言って、親兄弟を盛り立てるのだ。

息子のやさしさに甘えて、それを喜ぶことしか、久乃には出来ない。

だが、それが何とも情けなく、やはり祥太郎のことが気になる。

光次郎もしっかりとしてきて、近頃は、

「母上、わたしにももっと、兄上のお手伝いができるようにしてください。兄上ばかりが辛い想いをしているようで、わたしは何やら心苦しいのです」

祥太郎がいない間に、そっと久乃に言い募る日も増えた。

「兄上は大滝家の当主なのですよ。あなたは言われた通りにして、元服するまでは立派になれるよう毎日心がけていればよいのです。それが兄上の望みなのですから」

久乃はいつもそのように言って宥めるのであったが、光次郎の想いもよくわかる。

読み書き、算盤、裁縫などは、久乃が教えてきた。しかし、光次郎も手習い師匠の許へ通わせ、少しは世間も知るべきだと言って、祥太郎は近くの手習い所へ光次郎を通わせている。

　自分は朝山西山の学問所へ通うのを止めてしまい、内職に明け暮れているというのにである。

　さらに亜紀にも習いごとをさせねばと、日々頑張っている祥太郎の姿に、

「わたしも……」

と、じっとしていられない光次郎の気持ちを、時に代弁してやらねばなるまい。

　母の威厳を精一杯繕って、久乃は夕餉の席で、

「祥太郎、あなたのお蔭でわたし達親子は、飢えることなく暮らせています。ありがたいと思っています」

　と、切り出した。

「母上、何を申されているのです。わたしはこれでも家を継ぐ身です。皆が暮らせるように努めるのは当り前ではございませんか」

　祥太郎は、いつもの応えを繰り返す。

「とはいえ、あなたはこれから世に出ねばならぬ身です。内職の数を減らして、その分を何かお稽古ごとに充てるなど、すればどうです」

「ははは、内職を減らして稽古ごとに充てれば、実入りは減って、掛かりが増えますよ」

「それはそうかもしれませんが、足らなくなった分は、わたしや光次郎、亜紀で埋められませんか？」

「光次郎がもう少し大きくなった時に、また考えるといたしましょう」

「兄上、わたしはもう立派に働けます」

「わたしもお手伝いいたします」

光次郎と亜紀も、次々と声をあげたが、

「皆の気持ちはありがたいが、兄には今とりたてでしたいことがない。どうしても習いたいものが見つかれば、その時はよろしく頼んだよ」

祥太郎はさらりとかわした。

「本当に習いたいものは何ひとつないのですか？」

久乃は引き下がらず問うた。

「亡くなった父上は、よく申されていました。祥太郎には武芸の才が備わっていた気がする、まず学問所よりどこかの剣術道場に通わせるべきであったと」

祥太郎は、一瞬息を呑んだが、

「ははは、それは父上の買い被りというものですよ。今の世にあって、剣術など習ってもよほどの才がなければ世に出られませんよ。さあ、いただきましょう」

母の言葉を心の内で喜びながら、温かい白い飯と共に嚙みしめた。

父はわかっていたらしい。

仁右衛門とて若い頃は、一刀流を学んだという。

それゆえ子供の頃は、内職の合間に木太刀《きだち》を取って型稽古を付けてもらったものだ。

その時の父の満足そうな表情を見て、

――もしや自分には剣術の才が備わっているのかもしれない。

と、嬉しい気持ちになったことを覚えている。

その想いは、学問所に入門してからも心の隅にあった。

文武両道というが、両方を極めることなど貧しい浪人の子には、そもそも無理なのである。

これからの世の中は、学問こそが立身に役立つと教えられれば、父の言葉に従って、まず学問に精進しよう。そのように考えて、剣術への想いは断ち切っていたのだ。

だが、父が死に学問所を出て、内職に励み出した頃、

「おいおい、武士の恰好をして小店の手伝いかよ」

「まったくみっともねえよなあ」

などと、二、三歳上の破落戸《ならずもの》二人組に何度かからかわれた。

初めは聞こえていないふりをしてやり過ごしたが、相手が調子に乗って絡んできたので、

——武芸の才を試してみよう。

と、ある日思い立ち、

「おれと、どうしても喧嘩がしたいというなら、相手になってやろう」

二人を寺の裏手に連れていった。

すると、思いもかけず喧嘩を買った祥太郎に気圧された二人は、

「この素浪人のできそこないが……」

「死にてえのか！」

凄みはするが、気後れしてなかなかかかってこない。

――人と闘うとはこういうことなのか。

祥太郎は、頭の中で思い描いていた武術というものを、今こそ形にしてやろうと、

「かかってこぬなら、こちらからいくぞ」

すっと一人に歩み寄ると、さっと踏み込んで首筋に手刀をくれた。

こ奴が堪らず身を縮めると、もう一人が摑みかかってくる勢いを利用して、投げとばした。

これが見事に決まり、たちまち二人を倒した祥太郎は大いなる自信を得た。

だからといってこの先剣術道場へ通えば強くなる、などという思い上がった気持ちは持たぬのが、祥太郎の身上である。

その一件以来、誰も自分に絡んでこなくなったので、よかったと満足しつつ、再び内職に打ち込んだ。

だが、頭で思い浮かべるだけで強くなれるという快感は、若い祥太郎に大きな刺激を与えた。

――そうだ、何も入門せずとも稽古の様子を覗き見れば、それだけで強くなれる

のかもしれない。そっと見るだけなら金もかからないではないか。

そんな想いから、剣術道場の稽古風景を眺めるようになったのだが、

――あれくらいなら、自分もすぐにできるはずだ。

そう思って見ていると、とにかく楽しかった。

母・久乃は、正式に剣術道場に入門し、修練を積めばよいと言う。

気持ちは嬉しいが、せめて光次郎の元服を待つ間は、今のままで何も不自由はない――。

祥太郎は、自分にそう言い聞かしていたのである。

五

祥太郎の、剣術道場を覗き見る見取り稽古はそれからも続いた。

濱名茂十郎から聞いて、祥太郎の存在を知った坂村信二郎であるが、武者窓の外に祥太郎の姿を見かけても、まったく気付かぬふりをした。

――そっと覗き見したいのなら、気がすむまで見ればよい。

信二郎はそう思いつつ、剣客の勘で祥太郎の姿を感じ、逆に稽古場の内から彼を観察していた。

そして、お夏の居酒屋の〝お節介の魔の手〟も祥太郎にじわりと迫っていた。

亀井春之助が、一度酒を酌み交わそうと祥太郎と約したのなら早い方が好い。

春之助とて師に付いていて、そのような間を作るのは大変であろうが、祥太郎の事情を話せばそれくらいの暇は与えてくれるだろうという話になった。

だが、まだ十六歳の二人が、お夏の居酒屋へ来て一杯やるのも気恥ずかしいはずだ。

「では、仁右衛門殿に世話になったお返しということで、この亀井礼三郎が大滝家の方々をお招きするといたそう」

それがよいと話は進み、祥太郎は、久乃、光次郎、亜紀を伴って飯を食べに来ると、決まったのである。

母と弟、妹が一緒であれば、一度に食事がすむし、彼らも、たまには外で食事をしたいであろう。

ちょうどよい機会だと、祥太郎は久乃、光次郎、亜紀を連れて、お夏の居酒屋へやって来た。

礼三郎が招待してくれると聞いて遠慮していた久乃であったが、

「どれだけ、大滝殿には世話になったことか。もっと早くにお誘いしとうござった」

礼三郎にしみじみと言われると、素直にこれを受けた。

以前、仁右衛門を連れてきたが、それから再び居酒屋へ足を運ぶことのないまま、仁右衛門は死んでしまった。

「もう少しこの店に来ていたら、仁右衛門殿も楽しんでくだされたであろうものを……」

「きっとそうであったと思います……」

久乃は感慨を込めた。

この居酒屋の女将は、口は悪いが頼りになるとの噂は聞いていた。

常連達は、一人一人は頼りにならないが、皆が仲よく助け合って暮らしている。

仁右衛門も少し通っていれば、子供についての悩みくらいは、聞いてくれて、皆で良策を考えてくれたに違いない。

ここへきた祥太郎が、少しは自分の生き方に目覚めてくれたらよいと、久乃は切に願っていた。

「おや、今日は亀井の若のお仲間がお越しかい？」

「祥太郎さんかい？　立派にお成りになったねえ」

「大したもんだ……」

常連達は偶然を装い次々に声をかけたが、既に大滝家母子の来店は聞きつけていて、そわそわとやって来たのだ。

春之助にはお見通しだが、いつも控え目で言葉少ない久乃が、楽しそうな顔をしているのが嬉しかった。

あまり手の込んだ物を出すと、久乃も気を遣うであろうと、清次はいつもの料理を出した。

烏賊《いか》の木ノ芽和え、蛤と豆腐と葱《ねぎ》の小鍋立て、油揚げの炙《あぶ》り焼きなどであるが、光次郎と亜紀には珍しく、目を輝かせて舌鼓を打ったものだ。

賑やかな居酒屋の様子も温かく、祥太郎は、

「小父様、春之助、真に忝《かたじけの》うござります」

亀井父子の気遣いに感じ入っていた。

常連達は、濱名茂十郎の口から、祥太郎が坂村道場を時折覗いている話は聞いていたが、それには一切触れるなと、お夏から釘を刺されていた。

それゆえ、剣術の話はまったく口にしなかったが、居酒屋の常連達のお節介は、何とすれば、祥太郎が好きな剣術が出来るようになるかということで、

「婆ァ、手前《てめえ》、そんなことを言うなら、己の智恵を絞って、祥太郎さんがその気になるように持っていけよ」

龍五郎はそんな注文をつけていた。

「あたしは余計なことを言うなと、言っているだけだよう。どうしてあたしがそんな面倒をしょい込まないといけないんだよ！」

お夏はそんな風に撥《は》ねつけたが、常連達はきっと何かのきっかけを作るであろうと勝手に決めつけて、ちらりちらりとお夏を見るのである。

お夏はふんとしていたが、礼三郎、春之助父子が祈るような目を向けてくると、何か考えねばならないかと思ってしまう。

礼三郎と春之助は、祥太郎とは主に亡き仁右衛門の思い出話をして、祥太郎の今の苦労を称えることに徹していた。

それによって、久乃、光次郎、亜紀を慰め、励まさんとしたのだ。

そこに常連達が時折合の手を入れるので、僅《わず》かに酒も飲み、久乃の様子は次第に華やいできた。

そろそろこの辺りで何か言えと、お夏に期待をしているのだ。

お夏は仕方がないかと溜息をついて、山盛りの丼飯を光次郎の前に置くと、

「祥太郎さんもあれこれ忙しいでしょうから、家で食べられない時も、これからは出てくるんじゃあありませんかねえ」

しかつめらしい顔をして言った。

久乃はその言葉に乗った。

祥太郎の機先を制して、

「わたしはそうあって欲しいのですがねえ」

と、お夏に応えた。

「そういう時は、ご新造さんが三人でうちに食べに来てくれたら好いんですよう。大酒を飲むわけじゃあなし、食べるだけなら安いもんですから、その方がかえってお得ですよ」

お夏は久乃に外食を勧めた。

「うむ、確かにその方が安あがりだ……」

礼三郎が相槌を打った。

久乃はもっともだと思ったが、少し困った表情を浮かべる。

お夏はたちまち久乃の心の内を見透かして、

「家に女がいるのに、外で食べるのは恥ずかしいなどとお思いでしたら、そんな考えは捨てちまっておくんなさいまし。この店でそんな理屈をこねるのがいたら、あたしが叩き出してやりますからね」

と、客達を見廻した。

「さすがは目黒のくそ婆ァだ」

龍五郎が合の手を入れた。

祥太郎は何か言おうとしたが、

「祥太郎さん、お前さんは忙しい身なんだ。飯のことまで考えずともよろしゅうございますよ。それはこっちに任せて、食い逸れた時はいつでも一人で来てくださいな」

お夏はニヤリと笑ってみせた。

「なるほど、それなら今よりも尚働けますねえ」

祥太郎は、お夏の居酒屋に甘えれば、今まで以上に内職を抱えることが出来ると受け止めたが、久乃がいつになくきっぱりと、

「忝《かたじけの》うございます。是非、そうさせてもらいましょう」

お夏に応える姿を見て、

——これなら時に、食事の仕度の手間から逃れられる。

と思っていた。

家事を怠るつもりはないが、自分とて風邪をひいて寝込むことがあるかもしれない。

そういう時もこの店があれば心強い。

ひとつ大きな道が開けたような気になっていたのである。

六

それから十日ばかりが経った。

町を吹き抜ける風も、天から降り注ぐ陽光も温かくなっていた。

お夏の勧めを受け入れて、大滝祥太郎はこの間、一度だけ久乃、光次郎、亜紀をお夏の居酒屋に行かせた。

いつも仕事を廻してくれる乾物屋が、人手が足りずに困っていたので、遅くまで仕事に付合ったためであった。

だが、久乃も弟妹も、楽しそうにしていたので肩の荷が下りた。

たとえば遅い時分から、稽古をつけてくれる剣術道場があれば、炊きをする間に稽古が出来る。

そんな想いが頭を過ったが、祥太郎はすぐに打ち消した。

あるかなきかの才を剣術にかけることなど、自分には出来ない。

ためらいばかりが先に立つのだ。

近頃になって、母・久乃は以前より気丈さをみせているが、未だに父・仁右衛門の死の痛手からは脱《ぬ》け出せていない。

一時の窶《やつ》れようは酷いもので、

——このまま痩せ衰えて死んでしまうのではないか。

と、真剣に思ったくらいだ。

まだ元服したばかりの祥太郎は、その衝撃を強く受けていた。

それゆえ、母の哀れな姿が脳裏に焼き付き、自分を気遣い、慕ってくれる弟、妹も不憫でならず、

——皆のためなら、どんなことでも辛抱できる。

と、覚悟を決めているのだ。

剣術に打ち込めば、一日中稽古をするくらいでないと上達はしまい。

そうである限り、剣術道場への入門など初めから無理なのだ。

せいぜい、武者窓越しに稽古の様子を見て、剣を揮う自分を想像するくらいが、関の山なのである。

——あの居酒屋には、行かない方がよいのかもしれない。

行けば何やら楽しくなって、余計な夢を見てしまいそうで恐い。

あれだけ身体壮健であった父・仁右衛門が、四十になるやならずでぽっくりと逝ってしまった。

親兄弟を守る立場にある自分は、何ごとも慎重に構えていないといけないのだ。あれこれ考えつつも、破落戸《ならずもの》相手の喧嘩に完勝を収めた興奮はまだ体の奥に残っている。

この日も昼過ぎとなり、ちょうど内職の手が空いた。

三之橋まではいささか遠いが、今からであればちょうど立合の稽古を少しくらいは覗き見られるであろう。

楽しみを見取り稽古に止《とど》めておけば、何よりも自分の心が充たされる。

いそいそと白金の通りを行くと、向こうからくる三人組の若い武士に呼び止められた。

三人の顔には見覚えがあった。

坂村信二郎の門人である。

武者窓越しに何度も三人の姿は見ていた。

「おぬしだな。我らの稽古をいつも覗き見ているのは」

三人の内で、一番腕の立つ門人が言った。

彼は上嶋英之助《うえしまえいのすけ》という。歳は十七。いつも動きがきびきびとしている。

他の二人は、神田宇三郎《かんだうさぶろう》、源田壮之介《げんだそうのすけ》。

いずれも歳は、祥太郎と同じ十六歳である。

祥太郎にしてみれば、同じ歳恰好の者達の立合を見ているのが、何よりも刺激になる。

道場で学んでおらずとも、子供相手に後れをとるとは思えない。

とはいえ、さすがに練達の士には敵うまい。

そうなると彼ら三人の稽古を見るのが楽しかった。

――なるほど、立合とはこのようなものか。おれならばこう打つ、こうかわす。

うむ、おれの勝ちだ。

などと想像を巡らすのだが、見られている方にとっては、目障りなのかもしれない。

「覗き見ていると言われるとそうかもしれぬが、某《それがし》としては見て学ばせてもらっているつもりでござる」

祥太郎は威儀を正した。

「なるほど、見て学んでいるか」

英之助はひとつ頷いてみせた。

「目障りであったのなら、申し訳ございませなんだ」

「目障りといえば目障りだが、稽古場に窓がある限り、外から見られるのは止むをえぬことだ」

「忝《かたじけの》うござる……」

「だが、おぬしは、人の立合を見て頭の中でその相手と立合《たちお》うているそうだな」

「さぞや頭の中で、我らは打ちのめされているのであろうな」

宇三郎と壮之介が続けた。

「いや、いつも某が打ち込まれております」

「見えすいたことを言うな」

英之助は詰るように言った。

「おれは何度か窓の外のおぬしが、一人悦に入っている様子を見ている。立合もせずに我らを打ち倒したと思われては傍ら痛い」

「ならば、どうすれば許してもらえるので？」

「我らと立合《たちお》うてもらおう」

「それはお許しを……」

「許す許さぬの話ではない。そろそろこの辺りで、おぬしが頭の中で作りあげた術を披露してもらおう。それが我らに対する礼儀ではないか」

英之助が静かに告げた。

彼の師・坂村信二郎は、大滝祥太郎というおもしろい若者がいると聞いて、稽古場を覗き見る若者を注視していた。

彼は、剣術に没頭出来る余裕がないのであろう。

お夏の居酒屋の常連の一人でもある信二郎にはその事情がわかっていた。

そうなると、剣客として祥太郎の資質を己が目で確かめたくなった。

そしてその意をもって、英之助達の反応を見て、連れてくるようにと告げたのである。

「礼儀だと言われると従わざるをえぬ。とりあえず道場まで参りましょう。その上で先生と話したい」

何を言おうが、三人が引かないのは様子でわかる。

道端で騒ぐのも得策ではなかろうと、祥太郎は、英之助達と坂村道場へと向かった。

「おお、よく来たな……」

道場に着くと、坂村信二郎が待ち構えていて、満面に笑みを湛《たた》えつつ、祥太郎を迎えてくれた。

「色々とご迷惑をかけたようで申し訳ござりませぬ」

祥太郎は頭を垂れた。

「迷惑などかけられておらぬ。濱名先生からおぬしのことを聞いたのでな。どうぞ勝手に見てくれというところだが、何度もおぬしの姿を見ていると、おぬしの思い描いた術を是非見とうなった。それはこの三人も同じ想いゆえ、ちと脅すようで申し訳なかったのだが、稽古場に来てもらったというわけだ」

信二郎の物言いは、どこまでも爽やかで、祥太郎は知り合いの家を訪ねたかのような心地になった。

「お気持ちは嬉しゅうございますが、わたしが頭に思い描いた術など、ただの子供騙しにございます……」

「ははは、その子供騙しを見たいのだよ。どうせ今日も、見取り稽古をしに参ったのであろう。その間があれば、立合《たちお》うてみよ。わたしが望むのだ、稽古を付けたからといって金を払えとは言わぬ」

見ている間があるのなら、稽古場で竹刀を揮えばよい。自分が望むのだから遠慮はいらぬ――。

確かにその通りである。稽古場に上がると、理性では抑えようのない熱情が込みあげてきた。

分別くさいことを言っていても、祥太郎は十六歳なのだ。理屈では割り切れぬ感情に呑み込まれる時もある。

「それでは、お恥ずかしながら……」

信二郎の勢いとやさしさが祥太郎を素直にさせていた。

彼は信二郎に畏まると、英之助、宇三郎、壮之介に向き直って、

「ひとつ御指南くださりませ……」

深々と頭を下げた。

志を同じにする者同士は、こうなるとすぐに打ち解けるものだ。

「我らも楽しみでござる」

三人の顔に笑みが浮かんだ。

さすが坂村信二郎の弟子である。かつて喧嘩した破落戸《ならずもの》とはまったく違う。

「よし！　それでよい。英之助、防具を着けてやるがよい」

「はい」

祥太郎は、面、籠手《こて》、胴を着け、竹刀を構えて三人と立合った。

立会は信二郎が務めるゆえ、安心である。

争いを避けるために稽古場に付いてきたが、床を踏みしめ、防具を身に着け、手に竹刀を携えると、しばし夢心地となった。

自分でも信じられないくらいに、五感が研ぎ澄まされてきた。

目で見て学んだものを、己が体に覚え込ませながら日々過ごしてきた成果を見るのは、祥太郎にとって痛快事である。

いつでも体が素早く動くよう、力仕事の内職では意識し、移動は駆けた。

時には人知れず、父から学んだ剣術の型を体慣らしに繰り返した。

それがここで試される。

試さずともわかると嘯いていたが、本心ではこの日がくるのを待ち望んでいたのだ。

初めは壮之介が相手である。

「立合の仕方は見てわかっているな。存分に打ち合《お》うてみよ。よいな……。始め！」

信二郎の号令で、祥太郎はすっと下がった。壮之介が開始早々打ち込んでくるのは見てわかっていたからだ。

案の定、壮之介は勢いよく前に出た。しかし、間合を外されたちまち技が尽きた。

祥太郎は下がりながら籠手を打った。それが見事に決まり、焦った壮之介が再び間を詰め面にくるところを、今度は前に出て胴を決めた。

壮之介は祥太郎が振り向いたところへ、突きを狙ってきたが、祥太郎はそれを裏から払い面を打ち込んだ。

稽古場にいる者達は、一様に目を見開いた。

粗削りではあるが、実に動きに無駄のない美しい立合である。

いつの間にか、武者窓の外に濱名茂十郎がいて、信二郎に笑顔を向けていた。

七

その日、大滝祥太郎は立合を終えると、

「本日は真にありがとうございました……」

夢心地のまま何度も頭を下げ、逃げるようにして坂村道場を辞した。

源田壮之介に続いて、神田宇三郎との立合も、頭に描いていたままの動きで、見事に終えることが出来た。

二十歳以下の弟子にあっては、優れた剣士である上嶋英之助との立合においても、堂々と打ち合うことが出来た。

頭に思い描いているだけでは、咄嗟に体が相手の技に応じられないものだとよくわかったが、それにしても何度も英之助を手こずらせた祥太郎の動きは、大いに信二郎を唸らせたのである。

自分自身、この上もない満足を覚えた。生まれてこの方覚えたことのない興奮であった。

しかし、冷静になればなるほど、今度はある種の後悔に襲われた。

信二郎も門人達も、

「おぬしには恐るべき才がある。天賦《てんぷ》の才というべきものだ。ここで共に稽古に励もうではないか」

と口を揃えて言ってくれたが、あの剣術の陶酔を再び感じれば、自分はますますのめり込んで、内職など手につかなくなるだろう。

「畏れ入りまする。わたしは、まぐれを信じて剣に打ち込めるような身分ではございません。どうぞお許しを……」

あたふたと道場を出てしまった。

申し訳ない想いに襲われもしたが、これはかりはどうしようもない。

見取り稽古など端からすべきではなかった。

するとしても方々で道場を見つけて、向こうに顔を覚えられぬようにするべきであった。

――もう三之橋の道場には行けない。

祥太郎はそれが悲しかったが、頭に描いていた剣術の立合は間違っていなかった。それがわかっただけでもよかったではないかと、何度も自分に言い聞かせていた。

祥太郎は、そういう頭の切り替えが、すぐに出来るだけの意志の強さを持っていた。

そして、そのような人間ゆえ、見取り稽古を体に叩き込めたのだ。

翌日から祥太郎は、長屋と内職先を行き来するだけの暮らしを送った。

剣術の稽古を覗き見るのは、きっぱりと止めることにした。

成果を確かめられたのだから、もう未練はない。

そして五日が経った。

この日は、米店〝金熊屋〟で、米搗きを手伝った。

働きぶりが気に入ったと、おかみのお結《ゆい》からさらに頼まれて、蔵の整理と帳付けの仕事を頼まれた。

少しばかり遅くなりそうなので、祥太郎は一旦家に戻り、夕餉はお夏の居酒屋でとってもらうようにと、母・久乃に伝えた。

祥太郎の食事は店で用意してくれるとのこと。手間賃も弾んでくれたので、祥太郎にとってはありがたかった。

未だに先日の坂村道場での興奮が、体の奥で燻《くすぶ》っていて、働くことで気を紛らわしたかったし、手間賃を稼ぐ充実を味わいたかったのである。

そして、こういう時、お夏の居酒屋はありがたかった。

かつて亀井春之助が、

「父上とおれは、あの小母さんの居酒屋がなかったら飢え死にしていたかもしれない」

などと冗談めかして言っていたが、安い上に子供にはたっぷり過ぎるくらいの飯が出てきて、しかも母子共に居酒屋から戻ってくる時はいつも生き生きとしている。

春之助の言葉の意味がよくわかる。

だが、その居酒屋には、お節介な曲者《くせもの》が寄り集まって、時に人の生き方を変えてしまうことに、祥太郎は気付いていなかった。

この〝金熊屋〟のおかみ・お結の亡夫は、熊吉《くまきち》といって、不動の龍五郎に口入屋のいろはを教えた男であった。

つまり、この日の内職は龍五郎が仕組んだものなのだ。

〝金熊屋〟に仕事を引き延ばすように頼む。居酒屋に久乃、光次郎、亜紀が来る。

そこに、濱名茂十郎と坂村信二郎がやって来て、祥太郎が類い稀《まれ》なる剣術の才の持ち主であると、打ち明けることになっていたのだ。

祥太郎は、居酒屋がこの二人の剣客と深い繋がりがあるとは知らなかった。

そして、客達が一体となってお節介を始めるという凄まじい宴が、今しも催されようとしているなどとは思いもよらなかったのである。

八

久乃が、光次郎と亜紀を連れて、お夏の居酒屋へ入った時。

小上がりの隅で、濱名茂十郎は坂村信二郎と、既に一杯やっていた。

龍五郎、政吉、吉野安頓、源三、乙次郎、為吉といったいつもの顔ぶれは言うに及ばず、亀井礼三郎、春之助父子も来ていて、

「おや、これはお越しでござったか」

「祥太郎は働きに行っているのですね。相変わらずで、頭が下がります」

母子に声をかけると、久乃達はたちまち相好を崩した。

「今日は確か、〝金熊屋〟でしたねえ」

すかさず龍五郎が続ける。

「色々とありがとうございます」

仕事を回したのは龍五郎であるのはわかっている。

久乃は気弱な女であるが、この居酒屋に来ると安心を得られ、話す声も大きくなる。

ましてや、亀井父子もいるとなれば尚さらだ。

母子三人は清次に勧められて、手前の小上がりに座った。

すると常連達は、一斉にお夏を見た。この日がくるまで、居酒屋では白熱した議論が行われていた。

彼らは、剣術において祥太郎が天賦の才をもって生まれてきたと知った。

坂村信二郎は内弟子にしたいと言いだした。

信二郎は、高山昭之助《たかやましょうのすけ》という弟子を、内弟子にしようかと思っていたが、昭之助は先頃、おきんという耳垢取りの女と一緒になり、通いで稽古に励むことになった。

昭之助もまた先行き明るい剣士だが、傍近くに置いて育てる内弟子を、いよいよ置きたいと思っていたところに現れたのが祥太郎であった。

だが祥太郎は、自分にあれだけの才があることに気付いたはずなのに、頑として剣術を学ぼうとしない。

濱名茂十郎も、

「ありゃあ、大した掘り出しものですよ」

と、感嘆したのにである。

その理由が、親兄弟を養わねばならないという義務のためと聞けば、

「何とかならないものか」

と思うのも無理からぬことで、友である春之助は祥太郎にそのような才があり、心の底では、剣術を極めたいと願っているのなら、何とかその道に進ませてやりたいと切に願った。

そんな想いを持つ者達が、揃いも揃ってお夏の居酒屋の常連であるとは、

「これも何かの縁ですねえ」

と、龍五郎などは勝手に感じ入って、

「婆ァ、どうすりゃあ好いんだよう」

と、言い出す始末であった。

「あたしは知らないよう。祥太郎さんはもう十六なんだよ。本当に剣術をしたけりゃあ、するだろうよ」

と、お夏はにべもない。

「剣術より親兄弟の面倒を見る方が大切なんだから仕方がないさ……」

坂村信二郎は、束脩や謝礼など考えずともよいゆえ、とにかく稽古をしにこいと祥太郎には伝えたのだという。

それでも、その場から逃げるように帰ってしまって、以来訪ねてこないのであれば、亡父・仁右衛門の跡を継いで、〝内職の達人〟になるのが彼の望みなのだから、

「放っておくしかないじゃあないか」

この居酒屋は、人の生き方に干渉するところではないと、お夏は考えている。

「だいたいねえ、どちらさんも天賦の才を埋れさせちゃあいけない、なんて好いことを仰いますけど、か弱い母親と、まだ年端のいかない弟と妹はどうするんですよう、稼ぎ手を失くして、どうやって暮らしていくんです？」

お夏は祥太郎の想いと、久乃の不安をはっきりとさせた。

「婆ァ！　そんなことは端からわかっているんだよう！」

龍五郎が吠《ほ》えた。

「好いか。〝千の倉より子は宝〟って言葉があらあ。宝は皆で大事にしなけりゃあ

なんねえ。大滝祥太郎は五年もすりゃあ、立派な剣客になる。その間、あと二つの宝は、おれ達が磨いてあげりゃあ好いんだよう」

この言葉にお人よし達は一斉に相槌を打った。亀井礼三郎、春之助父子は、

「春之助がここまでやってこられたのは、皆さんのお蔭でござった」

「光次郎は十になります。わたしがここで丼飯を食べさせてもらった時と同じです」

母子の方便などは、何とでもなると、龍五郎に続いた。

「おれもまだまだ、剣術師範としては頼りないが、祥太郎を手許に置いて鍛えるに当っては、あれこれ考えもある。母親と弟、妹のことも無論考える」

坂村信二郎も熱弁した。

あとは久乃がその気にならないと祥太郎を動かせない——。

それが衆目の一致するところで、話を切り出すに当っては、お夏の力が必要であると、話がまとまったのだ。

清次は苦笑いで様子を眺めていた。

お夏は皆のお節介を撥ねつけることで、いざとなれば母子三人が生きていけるよ

う、責任をもって当ると誓わせたのだ。

そして迎えたこの日。

久乃、光次郎、亜紀は楽しそうに居酒屋へやって来て、亀井父子との再会を喜び、夕餉の席に臨んだのだが、美味い料理が出て、

「祥太郎さんは働き者だねえ」

などと常連達は息子を誉めてくれる。

すっかりと気分がよくなってきた。

ここでお夏が煙草をくゆらしながら、

「ご新造さんは幸せ者だねえ……なんて世間の親達は羨んでいるが、ご新造さんにだってあれこれ悩みはあるんでしょうねえ」

ぽつりと言った。

久乃は、その言葉に居酒屋の中に漂う自分達親子に向けられた熱情を覚えたか、熱い茶が入った湯呑み茶碗をことりと置いて、

「はい、ございます……」

と、大きく頷いてみせた。

「この子達にもあると思っています」

「やはりねえ。そんなもんなんでしょうねえ。隙のない子供なんてものは、おもしろくも何ともない……。そんなことを言っている人がいましたよ」

客達は、お夏がいきなり母親の前で、祥太郎をこき下ろし始めたので鼻白んだが、お夏が少しばかり酒を勧めていたので、久乃は勢いがついたらしく、

「その通りです。おもしろくありません」

多くの味方を得たと、ここで母の強さを見せんとした。

「あたしは子を持ったことはありませんが、親というのは我が子のためなら命をかけたって好い……、そんな気持ちになるんでしょう？」

「はい……。わたしもそんな気持ちだけは持っていますが、祥太郎は強過ぎて、命のかけどころが見つからないのです」

「ご新造さん、そんなら覚悟を決めておくんなさいまし」

「はい……」

お夏は光次郎と亜紀を見て、

「お母上について行けますね」

と、二人にも声をかけた。

幼い二人は、神妙な顔となり、居ずまいを正した。

「祥太郎さんは、今はとりたててしたい稽古ごとなどはないと言っているみたいですが、それが実は大ありなんですよ」

「大あり……」

「剣術ですよ。しかもねえ、これがまた天賦の才というものがあるそうですよ」

「まさか……。祥太郎はそんなことは一言も……」

「その辺りのことは、そこの先生方がよくご存じですよ」

お夏は、信二郎、茂十郎の方を見て、ニヤリと笑った。

二人は立ち上がると、久乃の傍へ寄って、にこやかに一礼をした。

春之助は最前からずっと、祈るような顔を久乃に向けていた。

九

「あの居酒屋に行ったのが運の尽きだったよ」

大滝祥太郎が苦笑いをするので、

「違うだろう、運の始まりだろう」

と、亀井春之助が窘めた。

「そうだな。うん、そうだ。すまぬ。お前のお蔭だ」

「いや、祥太郎が励んでいると思うと、おれも張り合いが出るから、こんなありがたいことはないのだよ」

祥太郎は、坂村信二郎の内弟子として、三之橋西詰の道場に住み、溢れんばかりの剣術の才を開花させるためみっちりと修行に励むことになった。

浪宅から通えぬこともなかったが、お夏の居酒屋で息子の真実を知らされた久乃は、〝金熊屋〟の内職に出向いていた祥太郎を居酒屋へ呼び出し、

「家を出て、坂村先生の内弟子にしていただいて、一廉の剣客にお成りなさい」

と、申し渡した。

「は、母上……」

祥太郎はうろたえた。

母と弟妹を迎えに行ったつもりが、そこには、亀井父子、濱名茂十郎、坂村信二

郎が勢揃いしていて、気弱な久乃が生まれて初めて見るような厳しい顔をして待ち構えていたのである。

夢を見ているようであった。

「何もできぬ母と、あなたはわたしを侮《あなど》っているのですか。親兄弟が哀れゆえ、天から与えられた己が才を捨て去るというのなら、わたしは喉を突いて死にます」

久乃はきっぱりと言った。

いつか息子とは対決しないといけないと思っていたが、光次郎、亜紀の暮らしも気になり、祥太郎が望む道がまだ見つからないのであれば様子を見よう。息子の孝養に甘えよう。

そんな風に考え、おろおろとしていた自分があまりにも情けなく、居酒屋でそのやるせない想いが爆発したのだ。

しっかりしているといっても、祥太郎も十六歳の若者である。

命をかけた母の叱責には返す言葉もなかった。

祥太郎自身の食い扶持が減れば、後は母子三人。

光次郎もしっかりとしてきた。

一時は絵師として生きんとした信二郎には、麻布辺りに文人墨客の知り人も多い。このところは、美しい童女の写し絵を描く者も多く、亜紀ならば、是非にと願う絵師もいるはずだと、信二郎からは言われている。

「あっしも命をかけて、ご新造さんに好い内職をお世話いたします」

不動の龍五郎も胸を叩いた。

「母上……。小癪《こしやく》な真似をいたしました。きっと……、きっと剣術で身を立ててみせます。これからは頭で考えず、体を動かして術を極めてみせます」

遂に祥太郎は母に頭を下げ、茂十郎に精進を誓い、信二郎には、

「どうぞよろしくお願い申し上げます」

と、入門を願ったのであった。

「それでこそ、大滝の家の惣領《そうりょう》。泉下の父上もお喜びでございましょう」

頷く久乃の目に涙が滲《にじ》んだが、泣いてはまた弱い母を見せてしまう。

夫を亡くし気うつを病んだ自分の弱さが、危うく愛息の将来を潰してしまうところであったのだ。

——何があっても泣くものか。

ぐっと堪える母を見て、祥太郎の目から涙がこぼれ落ちた。

お夏はひとつ膝を打って、

「勝ちましたねえ！」

と、喜んだ。

そこからは、何の祝いかわからぬ宴が始まった。

「お預けしたからには、たまには家へ帰してやろうなどとは思われませぬように願います」

久乃は信二郎にそう願った。

とはいえ長の別れになるはずはない。

信二郎はこの居酒屋の常連なのだ。内弟子を供に店に来る日も少なくなかろう。

母子三人が食事をとりに来る日もこの先は何度もあるはずだ。

そして、居酒屋には口うるさい女将の目を盗み、お節介に明け暮れる客がいる。

それぞれが、勝手に大滝家の幸せを頭に思い描きつつ、この日、いよいよ祥太郎は坂村道場へ行くことになった。

「励みなさい。色んな人の想いを受け止めてひたすら励みなさい」

久乃はそれだけを伝えて息子を送り出した。

友の首途を祝い、春之助が家から道場までの供をした。

学問に生きる春之助と、剣に生きる祥太郎。

力強く歩みを進める二人の若者の姿は、眩《まぶ》しいほどに美しかった。

それから——。

居酒屋の客達は、久乃、光次郎、亜紀に会えるのを楽しみにしていたが、三人はなかなか店に姿を現さなかった。

武家の妻女が、いくらその方が安あがりとはいえ、祥太郎が家を出た後に、毎日のように居酒屋へは行っていられないと、久乃は心に思うところがあったのであろう。

そうはいうものの、お夏と清次は、少し心配になってきた。

あの賑やかな宴から十日が経ったある日、ちょうど大滝家の浪宅の近くを二人で通りかかったので、

「ちょいと覗いてみますかい？」

「そうだねえ」

とばかりに、様子を窺うと、家からはすっかりと暖かくなった春の空に向かって、炊きの煙が上がっている。

「清さん、何だか好いねえ」

「へい。母子三人、力を合わせて……」

「あの煙が上がっている限り、案ずることは何もないさ」

白い煙の向こうから、薄紅色の桜の花がちらほらと覗いていた。

この作品は書き下ろしです。

もみじの宴《うたげ》

居酒屋《いざかや》お夏《なつ》 春夏秋冬《しゅんかしゅうとう》

岡本《おかもと》さとる

令和5年12月10日　初版発行

発行人――石原正康
編集人――高部真人
発行所――株式会社幻冬舎
〒151-0051東京都渋谷区千駄ヶ谷4-9-7
電話　03(5411)6222(営業)
　　　03(5411)6211(編集)
公式HP　https://www.gentosha.co.jp/
印刷・製本―中央精版印刷株式会社
装丁者――高橋雅之

幻冬舎時代小説文庫

ISBN978-4-344-43341-0　C0193　お-43-18